Pour Jacky,
ce roman charentais
sur la nature, ses beautés
et ses problèmes.
Bonne lecture !
Très cordialement.
Jean-Marie Goreau

Editions
Mers du Sud

ISBN 979-10-90226-87-6

Dépôt légal: 2018
Editions ***Mers du Sud***
15 rue de la Grand Font
16000 ANGOULEME – France
tel 05 45 92 40 66
www.editionsmersdusud.fr

Jean-Marie Goreau

Le premier cerf

(roman)

À tous ceux qui n'ont pas renoncé à l'Éden.

« Un livre, pour quelqu'un qui aime sa terre, ça s'écrit avec la terre de son pays. Moi, j'ai écrit mes livres avec la terre rouge de mon Sud. »

William Faulkner

(Interview par Christine de Rivoyre, Paris, décembre 1950, après la réception de son prix Nobel)

La Terre avait l'air de se dandiner, semblant hésiter sur la route à suivre.

Du haut du moulin restauré se découvrait un panorama splendide.
– Voilà, c'est d'ici, précisa le vieux garde, que tu prends la meilleure vue sur le domaine.
– Magnifique !
– C'est un des points culminants du Sud. On domine la bagatelle de cinq communes, parmi les plus étendues du département. Ta zone administrative à surveiller…
– Le nord est ici ?
– Oui. Angoulême, à trente-cinq kilomètres. Là, Plancol. Ici, La Ravade. À l'est, Marivaud. La Dordogne n'est pas loin de ce côté-ci. Ces bois, à l'horizon, c'est la Double, à une trentaine de kilomètres.
Les deux hommes se tournèrent vers le sud.
Claude Chagnoleau poursuivit ses explications.
– Là, tu as Pluvignac. Et je ne te présente pas Aulnac, où tu vas résider… Au Terrier Malart, à ce qu'on dit ?

– C’est ça.
– Bonne maison. Bon choix.
Sous les yeux de Paul s’étendait un paysage de collines et de coteaux, par endroits abruptement vallonné, recouvert de bois, de prés, de cultures, de landes, sur des terres aux teintes brunes ou rougeâtres. Son Sud-Charente natal, où il reprenait pied enfin après des années…
Autant vers le sud les bois avaient d’ampleur, jusqu’à former une authentique forêt, autant vers le nord ils apparaissaient défigurés par d’importantes coupes.
– C’est quoi, ce saccage ? demanda le jeune à l’ancien.
– Oh ! ne m’en parle pas. Un massacre. Une des conséquences de la crise économique. Une grosse société d’exploitation forestière a démarché les propriétaires pour abattre les bonnes parcelles, clé en main. Ça ne s’était jamais vu ici. Les gens ont dit oui, cédant à une solution de facilité et pour encaisser le pactole, car ils ne roulent pas sur l’or. Mais le travail des engins s’est avéré un véritable sabotage. Le sol du sous-bois encombré d’un fouillis de branches entremêlées, des ornières à enterrer un bœuf, les chemins défoncés. Bref, un travail de sagouins. Ça fait peine. Si nos anciens voyaient ça… On

dirait que les hommes se sont donné le mot pour abîmer ce petit coin de paradis.
– Quelle misère ! Et le sud n'a pas été touché ?
– Non. Il est plus difficile d'accès. Et il y a un esprit de résistance, insufflé par un certain général en retraite, un curieux personnage dont j'aurai à te reparler, une sorte de De Gaulle écologiste.
– Je préfère nettement ce côté.
– Moi aussi. Du chevreuil partout, au nord comme au sud. Davantage au sud, comme de juste. Du sanglier. Qui cause des dégâts aux cultures. Des renards, des blaireaux. Beaucoup de palombes. Du lièvre. Du lapin, par endroits. Le terroir est encore assez riche.
– La pression cynégétique ?
– Moyenne. On a des sociétés de chasse raisonnables. Bien sûr, quelques viandards, quelques fortes têtes. Mais les présidents les freinent. À Aulnac, tu verras, Guillaume Brédon est très bien. Un vieux sage.
– Du braconnage ?
– Ça, oui. Tu auras l'œil. Le fameux Bazaine… C'est le plus connu ; ce n'est pas le plus dangereux… Je te laisse te faire ton opinion. Tu es maintenant garde assermenté, tu es jeune, bien formé. Tu aviseras. Sois prudent. Ne pars jamais sans ton arme.

– Des raretés écologiques, des richesses à préserver ?
– Je te remettrai une liste à la maison, tout à l'heure. Les coteaux à orchidées, les mares, les tourbières, les haies au nord, le massif boisé au sud… Pour les animaux : les rapaces, les petits passereaux, en net déclin, les batraciens, les reptiles, les papillons. Tu connais… La pollution, le bouleversement des milieux sont passés par là.
Le vieux garde sembla hésiter soudain.
– Autre chose ? l'encouragea Paul doucement.
– Peut-être, pour la première fois, la présence d'un cerf… Je dis peut-être. Je n'ai pas eu le temps de vérifier. Je suis tombé sur des empreintes curieuses, dans les bois d'Aulnac, dans un fond humide. Déjà anciennes. À demi effacées. De vache ou de cerf. Difficile à dire.
– Intéressant. J'essaierai de voir.
Claude avait parlé longtemps pour un homme d'ordinaire taiseux. Il semblait fatigué. Il était assurément nostalgique. Cette visite au moulin sonnait comme un adieu. Le vieil homme contemplait avec tendresse ce paysage qui avait été le théâtre de toute sa vie, et il avait du mal à s'en arracher.
Il savait que Paul sentait et partageait sa tristesse.
– C'est dur, dit-il sobrement. Mais tout a une fin.

– On m'a dit que vous vous rapprochiez d'Angoulême ?
– Oui, enfin surtout de ma fille. Maintenant que je suis veuf… Et de mes petits-enfants…
Il toussa, puis sans plus épiloguer :
– On y va ?
Il était dix-huit heures, en ce quatorze juin 2016. L'après-midi avait été d'un ensoleillement mitigé, avec toutefois une lumière qui mettait ce Sud profond en majesté.
Cette modeste amélioration du temps était bienvenue après un printemps pluvieux.
Les deux hommes quittèrent la haute plateforme, transformée en table d'orientation. Du moulin ne restait en effet que la tour, et un escalier à vis métallique qui, l'entortillant de l'extérieur, permettait l'accès à son sommet.
– Je vous souhaite – je nous souhaite – un ciel clair jusqu'à la fin, dit Paul, étrangement ému.
Le vieux garde sut que cela ne concernait pas la météo.
– Merci. Chacun a sa destinée. Mais on n'échappe pas aux orages. Tant que ce n'est pas le bombardement de la grêle…
À ces mots, Paul pressentit qu'à l'horizon s'élèveraient de noirs nuages. Il n'aurait évidemment su dire au juste lesquels.

Ils rallièrent en 4x4 la maison de Claude, dans le bourg d'Aulnac.
Le vieux garde avait commencé ses paquets.
– Déménagement les 25-26. Les enfants viennent m'aider. Cédric a loué un camion à Angoulême… Installons-nous là, ça devrait faire.
Ils prirent l'apéritif, dînèrent d'une omelette et d'une salade.
Claude remit plusieurs dossiers à son jeune successeur. Il semblait apaisé. Requinqué aussi. Le témoin était transmis.
– Vous étiez ici depuis…
– Depuis trente-six ans !
– Vous devez en avoir vu…
– Oh ! si j'étais écrivain, j'en remplirais des tomes.
À la lente venue du soir, la marée montante des souvenirs…
Ils vinrent. Et furent passionnants.
Paul s'abandonna, ravi, au délicieux plaisir des contes.
Deux heures durant, il fut à l'école : celle de l'expérience du terrain, de l'ingénieuse malice des hommes.
– Ce qui m'a surtout frappé, avoua Claude, c'est l'extraordinaire intelligence des animaux. Pour s'adapter, pour survivre. Ce sont nos maîtres…

Je me souviens d'un vieux brocard, pas très loin d'ici, un animal plein de finesse et de ruse. Un matin, lors d'une battue, il se retrouve pour une fois cerné dans un bois. S'il veut passer dans le bois voisin, il doit traverser une route, celle qui descend à Lestalle, mais les chasseurs ont posté là le meilleur fusil de l'époque, un nommé Ducourcel, un type roublard et vif comme la poudre (il a déménagé depuis). Eh bien, notre chevreuil attend l'arrivée d'une voiture, il attend qu'elle soit placée entre le chasseur et lui, et il traverse en flèche. Ducourcel ne peut rien faire… Je l'entends encore rager : « Ah ! le bougre ! Je ne pouvais tout de même pas flinguer la voiture, surtout que c'était celle de M. le maire ! ».
Leur intelligence. Leur courage aussi. Pour défendre leurs petits. Martinaud, de La Ravade, en a su quelque chose. Il avait un fusil à un coup. Un jour, il est surpris par le déboulé d'un lièvre, le manque. Les plombs vont se perdre dans un épais fourré d'où jaillit une laie de fort méchante humeur, une laie suitée, qui le charge ! Notre homme n'a pas le choix. Il laisse tomber son fusil, grimpe à l'arbre le plus proche. Crois-moi si tu veux : il y est resté tout le matin. La laie tournait autour en grommelant de colère. Elle l'aurait décousu comme un chien courant. Elle a d'ailleurs piétiné et cassé le fusil. Remarque, de

là-haut, Martinaud a pu observer à loisir un très beau spectacle. Les marcassins sont sortis, sont venus s'ébrouer dans la clairière près de leur mère. Le gars est vieux à présent, il ne chasse plus, mais il en parle encore !

À la ruse des animaux répond bien sûr celle des hommes. Ici, c'est une anecdote de pêche qui me revient. Je la tiens de Richert, l'ancien garde-pêche de Malariette, à qui c'est arrivé personnellement. Il avait participé la veille de l'ouverture à un lâcher de truites dans la Valronne et le lendemain matin, vieux renard, il s'était levé tôt pour arriver le premier sur le meilleur poste. Il avait commencé à sortir quelques truites, deux sociétaires s'approchèrent : « Dites, au lieu de pêcher, vous feriez bien de faire votre boulot : cinq cents mètres plus bas, on en connaît un qui ne s'embête pas : il pêche sans carte ». Ce non encarté, Richert le cherche encore. En revanche, les deux gaillards ont pris sa place et fait une pêche miraculeuse.

Il y en a qui ont de la malice. J'ai connu un vieux Chapelaud, à Plancol, toujours en guerre avec son voisin, un Léonide Dampère. Ils n'arrêtaient pas de se faire des crasses. De ces haines héréditaires qui remontent à Mathusalem. Tous deux chasseurs enragés. La veille de l'ouverture,

Chapelaud installe un lièvre empaillé dans la vigne de son voisin. Dampère fusille l'animal dès la première heure. S'apercevant du subterfuge, il démarre à grandes enjambées. Les deux loustics ont failli en venir aux mains. Il a fallu les séparer. Ils ne se sont pas dit une parole pendant deux ans.

Quand je te conseille de rester toujours armé, c'est que l'on tombe parfois sur des méchants. Des vrais. Un garde de Mortevent, il y a de cela une vingtaine d'années, prend deux braconniers sur le fait. Les messieurs se laissent verbaliser sans réagir. Ils sont dociles, ils font profil bas. Le garde n'est plus sur ses gardes, c'est le cas de le dire. Soudain ils le saisissent, lui enfoncent la tête dans un trou de blaireau. Il se retrouve seul, planté en terre, un piquet solidement enfoncé entre les jambes, l'empêchant de se rétablir à la verticale. Il y est resté coincé cinq heures. Tu peux croire qu'il a trouvé le temps long. On a découvert à ses côtés les feuilles des p.-v. carbonisées. On n'a jamais revu les deux oiseaux.

– Mais à vous, il est bien arrivé quelques mésaventures, ou vous avez réussi quelques beaux coups…

– Non, rien de grave. Quelques beaux coups, sans doute, mais rien d'extraordinaire. Je n'ai

rien ni du héros ni du cador… À la réflexion, je peux te donner deux trucs qui m'ont plutôt réussi…
Claude n'était pas du genre à se vanter. Il était pudique et réservé. Il finit par dire, sans trace de vanité :
– Quinze jours avant une ouverture de chasse, lors d'une ronde, je tombe sur des collets. Je les laisse sur place. Je vais affûter… la veille de l'ouverture. Pas manqué, mon homme vient les relever de peur qu'un chasseur ne les découvre le lendemain. Je le pince en flagrant délit, un Migon, de Pluvignac. Il n'a pas coupé à une bonne amende.
Une autre fois, on fait appel à moi, à Aulnac, pour des corbeaux qui s'acharnaient sur un semis de printemps. Ils auraient tout déterré et mangé. C'était une parcelle en bordure de bois. Je fais le guet en lisière, après avoir installé dans le champ, bien visible, une dépouille de lapin reliée à moi par une longue ficelle, dépouille que je fais remuer au retour des corbeaux. Eh bien, ils ont tourné une partie de l'après-midi, littéralement fascinés par « l'animal », quasi indifférents à mes coups de fusil. Ils revenaient toujours. J'en ai tués plus d'une vingtaine ce jour-là. Les corbeaux, il y a de ça quelque temps, étaient considérés comme nuisibles. Aujourd'hui, de

nuisibles, dans nos campagnes, je ne vois guère que l'homme… Mais je parle, je parle, et on ferait peut-être mieux d'aller dormir… Tant que je suis là, n'hésite pas, pour la moindre chose… Ah ! j'oubliais, passe voir le général de Beaulieu, à Lamorlante. Il a besoin de tes services, je crois, ou en tout cas d'une expertise.

Paul quitta Chagnoleau avec un chaleureux merci.

Une poignée de mains appuyée, pleine de respect, unit une dernière fois les deux fédéraux.

Jeudi 16 juin.
Paul se rendait chez le général, qui lui avait fixé rendez-vous à neuf heures.
Son Kangoo, repeint de la couleur d'une jeep, arriva juste derrière une 206 au carrefour Lestalle-Angoulême-Barbezieux. Une jeune femme était au volant. Au stop, pendant le bref arrêt de la voiture, ses longs cheveux bruns valsèrent à droite et à gauche. Ce mouvement gracieux enchanta le jeune garde par sa vivacité, son naturel. L'espace d'un éclair, il entrevit un profil délicieux doré par le soleil matinal. La 206 tourna vers Angoulême. Paul prit à l'opposé. Jusqu'au château de Lamorlante, il ne put se défaire de la charmante image. Sa fraîcheur apparaissait en surimpression des tendres verdures, des doux feuillages nimbés d'or vaporeux. Le monde avait quelque chose de virginal en ce clair matin.
Il avait traversé la forêt sans la regarder.
Ressaisis-toi, mon bonhomme. Je sais que la solitude te pèse, mais tu aurais mieux fait de tout noter du paysage dans ta petite tête. Voici le château. À partir de maintenant, ne laisse perdre aucun détail.

Paul enfila au ralenti une longue allée blanchâtre, se retrouva devant une noble demeure du XVIIIe siècle, avec toits d'ardoise mansardés.
Il arrêta le Kangoo avant la cour d'honneur.
Bâti sur un éperon, le château était pressé de trois côtés par la forêt, mais pas vers l'ouest où, du haut d'un à-pic, il dominait une fabuleuse étendue de pays, qui se dématérialisait de bleu à l'horizon. Après l'ombre des bois, on tenait là un gouffre de lumière.
Un homme parut sur le perron, dont il dégringola les marches, s'avançant à la rencontre du garde.
– Capitaine Faran, l'ordonnance du général. Il sera à vous dans cinq minutes… Très heureux.
Paul avait cinq minutes d'avance. Son uniforme lui avait évité de décliner son identité.
– Son ordonnance ? Je croyais le général à la retraite.
– Il l'est. Je n'ai pas pu le quitter. On ne quitte pas un tel homme quand on a été à son service.
– Comment va-t-il ?
– Bien. D'ailleurs, vous allez pouvoir en juger par vous-même : le voici. Je vous laisse en sa compagnie, je dois me rendre à Barbezieux.
Paul était dans ses petits souliers et il ne savait trop à quoi s'en tenir. À quel genre d'homme il allait avoir affaire, et ce que celui-ci pouvait bien lui vouloir.

Il vit paraître un grand escogriffe en pantalon et chemise, au visage ascétique, brun de cheveux, les traits réguliers empreints d'une sorte de noblesse aristocratique. Le haut gradé l'attendait sur le perron.
– Florent de Beaulieu.
– Mon général.
– Entrez, Jérémie. [Simplicité militaire. Tout de suite le nom de famille.] Ce bon Chagnoleau m'a chanté vos louanges. Venez donc sur la terrasse.
Ils traversèrent un vaste salon à plafond perché, lustres de cristal, meubles de style, parquet vernis. Aux murs, Paul entraperçut de vénérables tableaux. Ils débouchèrent sur une haute terrasse, donnant vers l'ouest, dans un éblouissement de clarté.
– Café ? Prenez place. Cette terrasse reste à l'ombre tout le matin. Clotilde l'aimait beaucoup.
Le général était veuf depuis quelques années.
– Quelle vue ! Avec celle du moulin de la Caille, je n'en vois pas de plus belle dans le pays.
– Voulez-vous nous servir, j'ai la main droite mal assurée. Un reste de blessure.
– Quel havre de paix, aussi…
– Dans les Balkans, j'ai vu mourir trop d'hommes. Je ne veux plus que la paix. La paix de la campagne. Quand le comte de Nissens,

touché par des problèmes financiers, a mis en vente ce château et le domaine, nous avons sauté sur l'occasion, ma femme et moi. Elle était d'une famille riche. Elle détenait les fonds nécessaires. Nous avons tout de suite eu le projet de faire de Lamorlante une sorte de conservatoire de la vie.

– Et vous y avez magnifiquement réussi.

– Oh ! pas sans luttes. Pas sans oppositions, croyez-moi. Même encore aujourd'hui. Il y a quelques années, on voulait nous coller un relais de téléphone sous le nez, qui aurait défiguré le coin. J'ai fait des pieds et des mains. Finalement, il a été construit dix kilomètres plus loin, hors de notre vue. J'ai dû aussi freiner les ardeurs de quelques chasseurs et chercheurs de champignons indélicats. Je ne me suis pas fait que des amis ; peu m'importe, je ne brigue aucun mandat. Et en ce moment même, je résiste pied à pied aux volontés d'extension du complexe touristique de Pluvignac. Ces messieurs voudraient acheter la moitié de la forêt, qui serait rasée, et l'on verrait fleurir des bungalows en bois pour les vacanciers. Si je cédais, le massif se réduirait comme peau de chagrin. Je suis en pourparlers avec le département pour faire du domaine une réserve naturelle, peut-être l'embryon, le cœur d'un futur parc naturel régional…

– J'approuve totalement ce projet, mon général, et je l'appuierai de tous mes faibles moyens.
– Chagnoleau ne m'a pas trompé sur vous, Jérémie.
Le vieux soldat sembla prendre une inspiration au plus profond de lui-même.
– Vous savez, j'ai soixante-dix ans. J'ai vu tant de sang, de blessures, de destructions… Les hommes massacrés, la nature hachée, éventrée… Nous vivons une rude époque : guerres, terrorisme, chômage, pollution, appauvrissement des peuples. En France, un abaissement de l'éducation et de la culture entraîne une montée du racisme, de l'intolérance, un dérèglement des mœurs. Ce monde part à la dérive. Il court peut-être à sa perte. C'est le château de *la mort lente*… J'ai toujours été frappé par le symbolisme des noms. Alors, à ma petite mesure, je voudrais au moins que ce morceau de terre dont j'ai la charge reste un *beau lieu*. Et vous savez ce que signifie Florent ? « Être en fleur ». Je voudrais laisser après moi un lieu qui soit beau et *en fleur*. Je le dois à ce projet que nous avons eu, ma femme et moi.
Paul se taisait. Il ressentait une émotion dont il ne cherchait pas à se défendre.

L'officier le comprit et, regardant devant lui, vers les lointains bleuissant, il porta la tasse à ses lèvres.
Ils finirent leur café en même temps.
– Je vous raccompagne, dit le général. Nous allons passer par le verger. Je vous parlerai d'une affaire où vous pouvez m'aider.
Sur la droite du château, à l'est, s'élançaient des arbres fruitiers dans un enclos.
– Faran m'a beaucoup aidé. Vous voyez cela, deux vieux militaires plantant des arbres, les émondant, les bichonnant…
Il y avait là des pommiers, des pruniers, des poiriers, tous jeunes et vigoureux, portant des fruits en abondance.
– La forêt nous abrite du nord et crée ici une sorte de microclimat favorable.
– C'est un petit paradis, un jardin d'Éden.
– Je vous ferai passer des fruits par Amélie, dans quelque temps. Amélie Caillaud, elle tient mon ménage, elle habite dans le bourg… J'en viens au fait : Charles Dussaud, mon fermier, se plaint d'attaques contre ses moutons. Il y en aurait déjà eu deux. Un loup ? Serait-ce possible ? Il en a été tué un en Périgord l'automne dernier.
– Je vais voir. Un loup ? Dans dix ans, peut-être. Ils progressent vers l'ouest. Pour l'instant, ils colonisent le Massif Central, avec quelques

égarés plus avant. Mais aucun n'a été signalé en Charente.
– Alors, des chiens errants ?
– Je verrai aux empreintes, s'il y en a. Mais c'est fort possible. Beaucoup de méfaits que l'on colle sur le dos du loup sont en fait l'œuvre de chiens divagants. J'en veux pour preuve l'Angleterre, où le dernier loup a été tué il y a fort longtemps, et où l'on compte cependant de nombreuses attaques de troupeaux.
– L'attaque par des chiens en goguette ne prête pas à indemnisation.
– Sauf si, pris sur le fait, on les capture.
Le général poursuivit :
– On m'a toujours dit que le respect était dû aux anciens. Or les loups sont apparus sur terre avant l'homme. Mais, dans le monde moderne, peuples premiers mis à part et civilisations traditionnelles, s'il en reste, l'homme se comporte en destructeur. Il ne cueille plus le fruit, il arrache l'arbre… Enfin, le pauvre Dussaud se désole. Si vous pouviez faire quelque chose…
– Je prends l'affaire en mains et vous tiendrai au courant.
– Merci, Jérémie. Au plaisir de vous retrouver.
– Mes respects, mon général.

Lundi 20 juin.
La lune ronde se levait sur le parc à moutons de la ferme de La Féronnie. Elle émergeait au-dessus des vieux chênes, elle se reflétait dans l'étang, astre énorme dont le disque lactescent semblait animé d'une sourde vie interne.
Il était vingt-trois heures. La nuit était calme. Quelques aboiements de chiens montaient des fermes sur le pourtour de la forêt. Un mouton toussait de temps à autre dans l'enclos.
Paul Jérémie, juché sur un chêne dont les branches basses offraient comme une échelle, était assis, tous sens en éveil. De ce poste de guet, il surplombait la clairière. Avec un sûr instinct, il devinait les choses. Il savait que la lune ronde excite les chiens aussi bien que les loups, qu'elle les fascine, leur inocule du feu dans les veines. Tout n'allait pas tarder à se produire sous ses yeux, il en était certain.
Ne surtout pas être pris en défaut de vigilance et de discernement. Tout commence là. Les signes parlent. Ils sont même bavards à qui sait les capter et les interpréter. Oreille tendue, œil

aiguisé, esprit vif, muscles prêts à l'action. C'est ce qu'il faut...
Un renard vint boire à l'étang. Des palombes s'ébrouèrent dans un arbre. Rêvent-elles comme les hommes ? Un lourd solitaire, ayant éventé le garde, s'éloigna au petit trot en grommelant.
Soudain, le silence s'approfondit. Il fut presque total.
Alors Paul sut qu'il avait fait le bon choix.
À quelque cinq cents mètres, un chevreuil dérangé cria sa colère par une rafale d'aboiements courts et rauques.
Les moutons, réveillés, se levèrent d'un bloc. Ils donnaient des signes d'inquiétude. Ils se massèrent dans un recoin de l'enclos, non loin du garde, tous tournés dans la même direction. L'un d'eux bêla. Un bruit de pattes lancées au galop fit passer sur la clairière un frisson d'épouvante. Paul vit deux formes s'enlever sur la barrière du fond du parc. Elles se séparèrent aussitôt, trottant vers le magma apeuré et tournant des moutons. C'étaient deux chiens, sans le moindre doute possible, deux chiens ensauvagés par la frénésie du sang. Paul se laissa tomber dans l'enclos et marcha sur eux. Surprises, les deux bêtes se tassèrent, se hérissèrent, grondant et montrant les crocs. L'homme paisiblement leva son fusil. Les moutons s'étaient rangés spontanément derrière

lui. Alors, l'obéissance due à l'espèce humaine l'emporta sur l'instinct de chasse. Sur un ordre sec du garde, un geste autoritaire, les deux chiens reculèrent, reculèrent encore, puis se retournant brusquement détalèrent, comme ils étaient venus. Dussaud n'aurait, cette nuit, à déplorer aucun carnage.

Le lendemain matin, un peu avant midi, le général de Beaulieu était dans son verger avec le capitaine Faran. Jérémie exposa sobrement l'affaire.
– Des chiens, dit le général. Je m'en doutais un peu. Dussaud ne les connaît pas ? Nous allons demander à Amélie. Elle sait tout deux lieues à la ronde.
Ils entrèrent dans le château.
– Amélie, fit le général, apportez-nous l'apéritif, je vous prie, et vous écouterez ce que M. Jérémie a à nous dire.
Paul décrivit un grand chien rouge à gueule de dogue et une chienne de berger noire à poil court.
– Je pense, lança-t-elle aussitôt, que vous les trouverez chez Dédé Brochardeau, au Maine Perroux. Ils ont déjà fait parler d'eux.
– Je m'en charge, conclut le garde. Ces divagations vont cesser. En revanche, sans animaux pris sur le fait les fois précédentes, il est

difficile de demander à Brochardeau d'indemniser votre fermier…
– C'est juste. Je m'en occupe. L'essentiel est que les attaques cessent.
Faran reconduisit le jeune garde jusqu'à sa voiture.
– Joli coup, Jérémie. Vous avez mis le général dans votre poche.
– C'est réciproque, mon capitaine.
– Il vous en saura gré, croyez-moi.

L'affaire, réglée dès le lendemain, laissa libre l'esprit de Paul, qui avait d'autres soucis en attente.
Heureusement que je crois peu à la symbolique des noms ! Paul et Jérémie, un grand apôtre, un grand prophète, trop pour moi… Concentrons-nous sur des actions modestes. Je n'ai pas la carrure du général…

Mercredi 22 juin.
Il aurait volontiers demandé à Amélie si elle connaissait dans le pays une 206 bleu métallisé. Mais il ne mêlait jamais ses affaires privées et ses affaires professionnelles. Du moins au regard des autres, quoi qu'il pût lui en coûter. C'était pour lui une règle intangible.
Une autre pensée lui trottait dans la tête : la présence éventuelle d'un cerf dans le domaine.
Il se dit qu'il devait attendre pour la première question, réfléchir encore pour la seconde.
Et puis je dois voir Guillaume Brédon, le président de la société de chasse. Me présenter à lui. Élémentaire politesse. Et si possible le mettre « dans ma poche », comme le général…
Le président habitait à Boisgimon.
– Pars devant, dit Guillaume à son fils. Je te rejoins dans un moment.
Paul et son hôte s'installèrent à la table de la cuisine devant un verre de rouge.
– Ma femme est descendue à Lestalle faire les courses. Daniel commence les foins à Fontgarnaud. On est en retard cette année, avec toute la pluie qui est tombée… Moi, je l'aide un

peu dans la journée. Et matin et soir, pour les vaches.
Brédon était un grand vieux paysan à béret, droit comme un i, au physique comme au moral. On le sentait d'une rectitude absolue, mais sans raideur ni intransigeance vis-à-vis d'autrui.
Un courant de sympathie s'établit vite entre les deux hommes. Leur entretien ne dura pas moins de deux heures.
– Avec Claude, on a toujours travaillé main dans la main.
– Et ce sera pareil avec moi. Entre responsables de la chasse…
– Il faut parfois calmer nos jeunes chasseurs. Enfin, certains, qui n'ont pas beaucoup de jugeote. Qui tueraient tout ce qui bouge. Il faut les éduquer, leur apprendre à gérer sur le long terme, pour ménager l'avenir… Une bonne moitié, quand même, est consciente des problèmes.
– Je sais que vous faites des choses pour l'environnement.
– Oui, la société offre tous les ans une sortie-nature aux écoliers. Nous avons organisé des poses de nichoirs, des plantations de haies, aidé au nettoyage de vieux chemins et à l'entretien des ruisseaux. Notre dernière action, c'a été le recensement et la sauvegarde des mares.

– C'est très bien.
– Il faudrait faire plus. Mais on se heurte aux lobbies de l'agriculture chimique. Mon fils et moi, nous essayons de ne pas trop appuyer sur les engrais et les désherbants, mais ce n'est pas le cas de tous. Nous sommes même très minoritaires. Le résultat, le voilà, c'est 88 % des cours d'eau pollués en Charente !
Il montra un gros titre du journal étalé sur la table. Il reprit, après avoir trinqué.
– Nous avons une gestion de l'eau catastrophique. J'ai des confrères dans le canton d'à côté, je sais ce qui s'y passe : eh bien, j'ai observé que quand ils commencent à arroser les maïs, la source qui est en bas de chez nous se retrouve à sec en deux jours… Je me souviens, dans ma jeunesse, le pays grouillait d'oiseaux. Ça fusait de partout. Maintenant, ils sont rares. Je me demande quelle terre nous allons laisser à nos enfants… Et puis, ce grand nombre de cancers chez les agriculteurs. Ça fait peur. Rien qu'ici, deux en sont morts l'an dernier, et Gilbert Crantin est en chimio, à quarante-quatre ans… La Commission européenne a des décisions souvent absurdes. Si elle encourage les chimistes pollueurs, c'est qu'elle est vendue aux grands groupes phytosanitaires et à genoux devant les lobbies !

– Vous avez entendu parler du projet du général ?
– Il faudrait être sourd ! Il divise beaucoup à Aulnac. Pour certains habitants, l'agrandissement du complexe touristique apporterait de la vie et de la richesse, empêcherait la fermeture d'une classe. Pour d'autres, il détruirait surtout la nature et entraînerait des nuisances, sans aucune retombée économique pour la commune. Je suis plutôt de l'avis de ces derniers, personnellement… Ce qui existe à Pluvignac suffit bien pour le canton.
– Moi aussi, je suis de cet avis. D'autant plus que la société qui construit ce complexe dépend d'un grand groupe financier. Les bénéfices iraient dans leur poche.
– Bien évidemment. Et puis, j'ai une autre raison. C'est que pour la première fois…
Guillaume prit le temps de finir son verre.
– … Il y a un cerf dans le massif ! Claude m'avait mis la puce à l'oreille, sans être sûr de rien. Il supposait. Mais j'ai vu la bête.
– Non ? s'enthousiasma le garde.
– Comme je vous vois. Enfin, de plus loin que je vous vois. Il sort viander tous les soirs dans les vallons de La Fuie et du Pipindour. Vers dix-huit heures trente. C'est réglé. Apparemment, il aime

beaucoup l'avoine… Mais je ne voudrais pas que la chose s'ébruite…

– Ça susciterait des convoitises ! Alors, ça reste strictement entre nous. Il y en a qui ont la gâchette facile !

– Je n'en ai même pas parlé à mon fils et à ma femme.

– Motus. C'est une magnifique nouvelle ! Il doit venir de la Double... Ah ! ça fait plaisir, dit Paul en se levant. (Il s'en frottait les mains de contentement.) Je vais le surveiller de près.

– Ça vaut bien la bronzette et la baignade de Pluvignac tout de même !

Ils se séparèrent, parfaitement complices, sur ce beau secret partagé.

Samedi 25 juin.

Deux cartes d'état-major, étalées sur la table du salon, représentaient la totalité du domaine. Paul Jérémie était penché sur elles avec attention, repérant du doigt les différents lieux-dits, se parlant à lui-même.

Ici, La Fuie ; là, Le Pipindour. Deux vallons perdus, à un kilomètre de toute habitation, collés à la forêt. Le cerf doit se rembucher par là, au cœur du massif. Je dirais ici : le Canton du Couteau. Un fond humide, crevé de sources. Pas besoin d'un pendule pour localiser l'animal... Je pense qu'affûter ici ne serait pas mal, sur ce dôme, à quatre cents mètres des deux vallons, les dominant tous deux... J'y serai dès dix-huit heures. Le temps est clair. C'est parfait.

À vingt-et-une heure trente, le téléphone sonna chez Claude Chagnoleau.

– Allo ?

– C'est Paul. Je sais que vous déménagez. Mais juste deux secondes. Je ne pouvais pas vous laisser partir sans vous annoncer ça : c'est bien un cerf. Brédon l'a vu. Et moi aussi, ce soir. Un

animal jeune, vif, fringant, d'une superbe prestance. Trois ans. Il refait sa tête. Il viande dans les orges du père Poussard…
– Ah ! Paul, j'ai reçu quelques cadeaux pour mon départ. Mais c'est toi qui m'offres le plus beau. Cette nouvelle me réjouit le cœur. Je l'ai espérée toute ma vie, et elle est enfin là !
– C'est le couronnement de votre travail.
– À toi de le faire fructifier. Je suis heureux de te passer le flambeau. Et fier que ce soit à toi. Merci, fils. Je repasserai te voir de temps en temps. Par amitié, et pour savoir la suite…
– J'espère pouvoir vous donner de bonnes nouvelles. Vous serez toujours le bienvenu.

Il était vingt-trois heures. Une faible lumière brillait encore à l'étage de la maison, dans la chambre de Paul.
Le Terrier Malart, bâti en hauteur sur un coteau orienté au sud-ouest, adossé à un bois de pins qui le protégeait du nord, bénéficiait d'une belle vue sur le bocage collinier s'étendant au sud du bourg, avant le haut déferlement de la forêt. Pour l'heure, le paysage reposait, gommé par la nuit. Impossible à Paul de trouver le sommeil, après l'enthousiasmante découverte. *J'y retourne dès demain soir. C'est trop beau. En même temps, je ne suis pas tranquille. Les soucis vont*

commencer. Je le sens. Il faut redoubler de prudence. Si la nouvelle se répand, que d'ennuis, que d'ennemis partout !

Il savait très bien qu'en période de crise économique, de paupérisation d'une part importante de la population, la viande de cerf présentait un attrait puissant, constituait une tentation forte. L'animal n'avait-il pas connu une nette baisse de ses effectifs pendant l'Occupation et après la Libération ? Les braconniers s'en étaient à ce moment-là donné à cœur joie pour ravitailler les Français touchés par la disette.

Le garde pouvait compter sur Brédon, sans doute sur le général et son « état-major ». Une goutte d'eau dans la mer !... Ah, si seulement... Revenait toujours le hanter la vision d'une chevelure vivement agitée, d'un profil adorable. C'était idiot, il en était conscient, comment se défaire de l'image ? Elle le poursuivait, sans répit. Et dans la solitude de la nuit, elle ouvrait en lui la douleur d'un vide.

Mon pauvre vieux, même à supposer... Non, tu déraillles, tu rêves ! Blinde-toi contre les illusions, les fantasmes. Ça ne mène à rien. Si, à la catastrophe ! Tu es payé pour le savoir. Reste lucide et logique, attaché aux faits. Modèle : le limier expérimenté, lancé sur la voie...

Dimanche 26 juin.
Une orée de pinède au sous-bois particulièrement buissonneux attira l'attention du garde. Tous les sept-huit mètres s'apercevaient des sorties de coulées. Une intuition traversa l'esprit de Paul. Braconnier, il eût tendu là des collets. En effet il en découvrit plusieurs, habilement dissimulés. Du travail d'expert. Aucun lièvre n'était pris.
Laissons en place ces nœuds coulants. Ils feront l'objet d'une prochaine sortie. Le cerf d'abord...
Revenu sur le dôme aux genévriers, avec une lisière de feuillus en fond d'écran, Paul retrouva sa cache de la veille, où il était quasiment invisible.
Il posa son fusil à côté de lui pour pouvoir se servir plus librement des jumelles. Le guet commença. Il fallait être prêt une bonne demi-heure avant l'arrivée du cerf, celui-ci, caché dans la forêt, observant longuement les lieux avant de sortir à découvert.
Avec la présence de l'animal et maintenant cette ligne de collets, Paul avait l'impression d'entrer dans le vif du sujet.

Il put s'assurer de l'efficacité de sa cachette quand un merle manqua le heurter. L'oiseau crocheta en catastrophe, s'égosillant d'effroi.

Tais-toi, étourdi ! Ne va pas donner l'alarme... Il suffit de ces bavards de geais. Gardons les yeux sur cette ligne sombre. Je sens qu'il va sortir par là...

La veille, le cerf était déjà au gagnage à l'arrivée du garde.

Soudain, à l'œil nu, Paul s'aperçut que l'animal était avancé dans l'avoine, quelque vingt mètres plus bas. Instinctivement, il tourna la molette de mise au point. Et ce fut l'enchantement. Il vit le port altier, le pelage roux, les taches jaunâtres sur les cuisses, les bois en velours, dotés déjà d'un surandouiller. Le grand cervidé croquait les épis avec gourmandise, tout en restant diablement prudent, car il relevait souvent la tête, et ses oreilles, très mobiles, analysaient en permanence les bruits aux alentours. Pour l'instant, il ne s'agissait que d'un tracteur au loin qui rentrait et de palombes qui crouaient dans les chênes. Le cerf avançait alors de quelques pas, se maintenant à la limite de l'ombre.

Tout à coup, l'oreille exercée du garde perçut un craquement à sa droite, près d'une haie dominant le vallon. Il ne pensa pas une seconde à un animal. De fait, il entrevit se glisser une forme

humaine, un bipède qui arrivé à la barrière végétale s'immobilisa.
Un fouillis d'arbustes empêchait Paul de bien voir. Soudain, il distingua en l'air comme une lunette de visée. Vite, il se lança, silencieux comme un Apache, sur une sente d'herbe rase ondulant entre les genévriers. Il contourna le hallier à partir duquel se déroulait la haie. En uniforme, le fusil à la main, il arriva sur l'intrus.
– Hé là ! Bas les pattes !
L'interpellé sursauta, volta dans un mouvement réflexe. Une femme. C'était une jeune femme brune, mince et élancée, portant des jeans et une chemisette kaki.
Elle tenait un appareil photo muni d'un téléobjectif.
– Vous m'avez fait peur !...
Lequel des deux était le plus surpris, il eût été difficile de le dire.
– Pardon, je vous ai pris pour…
– Un braconnier.
– Vous avez vu ce qui est en bas ?
– Je suis là pour lui. Ce n'est pas interdit, que je sache ? sourit-elle.
Paul était mécontent. La fille était rassurée, un brin impertinente à présent. Elle était au courant pour le cerf et c'était désastreux.
– Puis-je savoir votre nom ?

– C'est un interrogatoire ?
– Ne me compliquez pas les choses.
– C'est bon. Ne vous énervez pas. Je m'appelle Daphné Giraud. J'habite à La Houlette du Breuil. J'ai vingt-huit ans. Je suis secrétaire médicale à Ludret, là où se retire votre prédécesseur. Et à mes heures de loisir, je fais de la chasse photographique. Moi, c'est des photos que je tire, pas des cartouches… Ça vous va comme ça ?
– Laissez-moi me présenter.
– Je sais qui vous êtes. On parle de vous au village, figurez-vous.
Elle se retourna, jeta un œil par-dessus la haie.
– Oh ! ça y est, il est parti, il a dû nous entendre.
– Désolé. Je n'ai fait que mon travail.
– Pas grave. Je l'ai déjà pris les jours précédents. Je me suis aperçue de sa présence il y a une dizaine de jours environ. J'allais guetter les chevreuils vers La Fuie. Il était dans une pièce de lupins d'hiver. Maintenant, apparemment, il préfère l'avoine… Je reviendrai demain, ou un autre soir.
– Vous ne faites évidemment rien de répréhensible mais deux choses me gênent dans cette histoire.
– Lesquelles ?
– Je ne tiens pas du tout à ce que la nouvelle de la présence de ce cerf se répande.

– Mais moi non plus ! Je n'en ai parlé à personne. Je suis parfaitement consciente qu'il est en danger, et vous pouvez compter sur moi pour garder absolument le silence.
– Merci, dit le garde, en se déridant enfin. À ma connaissance, à ce jour, nous sommes trois à partager le secret, et bien décidés à le garder : vous, Guillaume Brédon et moi.
– Un trio de choc !... C'est quoi, la deuxième chose qui vous gêne ?
Paul hésitait. Il finit par se lancer.
– Vous allez dire que ça ne me regarde pas. Mais ce n'est pas un peu dangereux pour une jeune femme comme vous de se balader seule, le soir, dans la nature ?
– Je fais du judo.
– Du judo ? Hum, si vous tombiez sur un colosse mal intentionné…
– Vous cherchez quoi, à me flanquer la frousse ? À m'empêcher de sortir ?
– Mais non. On peut s'inquiéter pour vous, c'est tout… Mais vous n'êtes pas venue à pied depuis…
– Non, j'ai ma voiture garée près d'ici.
– J'ai fini ma tournée. Si vous voulez, je vous raccompagne ?
– Je veux bien.

Ils parlèrent des chasseurs de la société d'Aulnac, des trois groupes entre lesquels ils se partageaient et que Daphné cataloguait de la sorte : « les furieux, les raisonnables et les écolos ».
Ils arrivèrent à la voiture. Paul resta un moment sans voix. Une 206 bleu métallisé. Stupeur. La jeune photographe était la fille du carrefour, il ne l'avait à aucun moment reconnue.
– Qu'est-ce qui vous arrive ? lui demanda-t-elle.
– Rien. Je… Je suis entièrement d'accord avec vous.
– Vous voyez que tout est possible !
– Nous nous reverrons, j'espère.
– Dans un pays comme le nôtre, c'est plus que probable.
– Vous ne m'en voulez pas trop… pour tout à l'heure ?
– Je dois avouer, le taquina-t-elle, que vous avez une façon originale d'aborder les filles.
Ils rirent.
Ils se séparèrent sur un gentil signe de la main. Paul retrouva à ce moment-là le profil qu'il avait tant aimé.

Jeudi 30 juin.
Réveillé dès quatre heures du matin, le jeune garde ruminait dans son lit.
Daphné était délicieusement belle, d'une beauté frémissante et sensible qui le bouleversait. Une fille pleine de vivacité, de naturel, de franchise, à la voix émouvante entre toutes. Un caractère bien trempé, qui sait ce qu'il veut. Pas question de se laisser dicter sa conduite et marcher sur les pieds. En même temps, une personne droite, vraie, directe, saine ; un esprit sensé.
Ma parole, tu en es raide dingue. Encore des ennuis à l'horizon... Souviens-toi de ne pas t'emballer. Tu as déjà donné... Mais nous nous sommes trouvé des affinités, et je ne pense pas lui être antipathique. Pas de bague à l'annulaire. Vit-elle seule à La Houlette ?... En tout cas, c'est une alliée sûre pour le cerf. C'est déjà ça...
Paul Jérémie consulta l'annuaire téléphonique. À La Houlette du Breuil, on ne trouvait que le numéro de Daphné. Cela ne prouvait rien, évidemment. Où et quand pourrait-il la revoir ?

Allons, il devait, après ces quelques jours de flottement, s'occuper sérieusement de la ligne de collets.
Il est clair que tout bon garde-chasse pourrait faire un excellent braconnier. Paul ne dérogeait pas à cette règle. Une simple réflexion lui suffit. Lièvres et lapins vagabondent surtout la nuit, et aux heures incertaines qui la précèdent et la suivent. En bonne logique, le braconnier passe donc vérifier ses pièges plutôt le matin, afin que ses éventuelles prises ne tombent pas sous la dent d'un animal ou ne soient subtilisées par un autre humain, ou ne perdent dans la journée beaucoup de leur fraîcheur.
Cinq heures dix. J'ai le temps de faire un guet…
Il avala un café et en route !
Le Kangoo laissé à bonne distance, Paul se glissa dans le bois comme un fantôme. De premières lueurs filtraient du côté de l'est. Des odeurs végétales salubres montaient de la terre. Des oiseaux s'ébrouaient dans les buissons. Au loin, un chevreuil dérangé cria. Ce bois de La Cépée bruissait en hauteur d'un fil de bise, au ras du sol de minuscules gigotements et grignotements. Un oiseau de nuit passa. Il rentrait, ailes silencieuses. Quelque hulotte ayant son gîte dans la cavité d'un vieux chêne. Il était maintenant six heures. L'est grisaillait de plus en plus.

Le garde aperçut le chien avant l'homme.
Ils longeaient l'orée, s'arrêtant à chaque piège.
Ils montaient vers Paul, ayant tout à fait l'air de promeneurs matinaux.
On les distinguait mieux à présent. Un petit homme à casquette et veste de chasse, avec une poche carnier dans le dos. Un bâtard à poils roux, bruns, noirs, dressé à la muette.
Soudain, le chien marqua une sorte d'arrêt. L'homme se pencha vers un buisson, s'affaira.
Paul surgit, fusil en main.
– Si je dérange, dites-le-moi !
Le braconnier se retourna, tenant un garenne.
Il ne chercha pas à fuir.
Son visage, décomposé, trahissait une profonde surprise, presque de l'incrédulité. Le chien s'était rangé dans ses jambes, sans le moindre jappement.
– Nom, prénom.
Le garde sortait son carnet.
– Bazaine. Émile.
Un visage osseux, des moustaches de poilu, mettaient en valeur des yeux perçants, malins plus que cruels.
– M. le garde, je ne fais que balader mon chien. Il a besoin de sa promenade tous les jours, surtout tôt le matin. Après, il fait trop chaud. Il a

trouvé ce lapin. Les collets, je n'y suis pour rien. Ce n'est pas moi qui les ai mis.
– Je vois, fit le garde, amusé. Et cette bosse dans votre dos ?
– Un faisan que j'ai trouvé mort. Il a dû heurter la ligne électrique. Autant le ramasser…
– C'est sûr.
Paul réfléchissait à cent à l'heure. Il s'était renseigné sur Bazaine auprès de Guillaume Brédon. Le braconnier touchait une maigre retraite d'ouvrier agricole, et vivait très petitement avec sa femme Monique dans leur maison du Maine Perdu. Il arrondissait leurs fins de mois avec son jardin, un peu de bûcheronnage… et ses prises nocturnes.
– Ce n'est pas un mauvais homme, avait ajouté le président. Il ne fait pas grand mal… Il utilise très rarement son fusil.
Paul reprit :
– Vous savez combien ça coûte le braconnage ? Je doute que vous puissiez payer l'amende. À moins que vous préfériez carrément la prison ?
– M. le garde, pour deux bestioles !...
– Écoutez-moi bien, Bazaine. Je suis dans un bon jour. Je peux faire ni vu ni connu. Seulement, il faudra y mettre du vôtre. À savoir, rester modéré, discret dans vos captures, et, à votre façon, m'aider à veiller sur…

Paul ici s'arrêta. Ne faisait-il pas fausse route ? Ne commettait-il pas une erreur ? Il jouait l'avenir à quitte ou double.
– Sur le cerf ? compléta le lascar, amusé à son tour.
– Vous savez donc ?
– Le premier, M. le garde. Avant la petite Giraud, avant Guillaume Brédon.
– Vous savez tout alors ?
– Et je n'ai qu'une parole. Ce cerf, personne n'y touchera devant moi. Il est trop beau…
– Tope là ! fit le garde. Nous ne serons pas trop de quatre pour assurer sa protection. C'est à mes yeux très important. Mais pas un mot à quiconque, hein !
– Pas un mot, M. le garde. Promis. Voulez-vous le lapin ?
– Gardez tout. Et tâchez d'ouvrir l'œil.

En revenant chez lui, Paul se demanda dans quelle mesure il pouvait faire confiance à ce vieux roublard de Bazaine. Mais le braconnier avait paru fier de la confiance qui lui avait été accordée.
Le nombre de personnes au courant augmentait sans cesse et, avec elles, le danger que tout se découvre. Trop de gens décidément circulaient

dans les bois… Mais le droit, le moyen de les en empêcher ?

Comme il tournait vers le Terrier Malart, le garde croisa une voiture qui en redescendait. Au volant, le maire d'Aulnac, Jean-Luc Destang. Ils garèrent leur véhicule, sortirent se serrer la main.

– M. le maire !

– Bonjour, Jérémie. Je pensais vous trouver chez vous avant que vous sortiez.

– J'avais une petite affaire à régler. De bonne heure. Voulez-vous monter ?

– Non, je repars. Je voulais juste voir si vous aviez besoin de quelque chose, pour votre installation.

– Non, tout est réglé. Tout va bien.

– En tout cas, n'hésitez pas. Vous savez où est la mairie. Mon numéro, à tout hasard…

– Merci.

– Nous vous verrons bien à la frairie, le trois juillet ?

– Bien sûr.

– Alors, je vous laisse. Bonne journée.

– À très bientôt, M. le maire.

Dimanche 3 juillet.

Paul passa la fin de la semaine en explorations circonspectes autour du Canton du Couteau. Sans jamais avancer à moins de trois cents mètres du fort où le jeune cerf, pensait-il, était rembuché.

Il releva diverses traces du passage régulier de la bête. Des coulées, des empreintes, mais aussi des frayures, endroits où l'animal frottait ses bois sur les arbres pour en faire tomber le velours, des écorçages, lanières d'écorce enlevées avec les dents, des abroutissements, bourgeons terminaux croqués, ce qui a pour effet d'écimer les arbustes et de retarder d'autant leur croissance. Paul tomba même sur des fumées, fientes déposées en tas au retour des bombances nocturnes.

De la présence du cerf, il ne doutait nullement : il l'avait vu *par corps*. Ce qu'il cherchait surtout aux abords de l'enceinte, c'était des traces humaines, qui eussent dénoncé celle de braconniers.

Il n'en releva aucune.

Mais ce qui différencie le braconnier du quidam, c'est justement qu'il sait, tel un Indien, passer sans laisser de traces.

Paul décida donc de rester sur le qui-vive.

En ce matin lumineux de juillet, le garde buvait tranquillement son café sur la terrasse, face à la cavalcade figée des collines. Il ne la voyait pas, bien que ses yeux fussent tournés vers elle. Il rêvait de Daphné en caressant son chat Persépolis, ronronnant de bonheur. Son cœur était gonflé d'espoir. Il avait aujourd'hui toute chance de la retrouver, peut-être même de pouvoir danser avec elle.
Soudain, il vit un autour passer comme une bombe. L'oiseau suivit la haie du bas de la butte, du côté opposé à Paul. On entendit un couinement : probablement celui d'un jeune lapin cueilli au déboulé par le rapace. Persépolis s'était dressé dans la seconde, fouettant l'air de sa queue.
La pensée du garde dériva à ce moment vers des souvenirs d'adolescence : une chasse au furet chez des cousins du Périgord. Il revoyait les lapins jaillir au grand jour, s'entortiller dans les bourses, filets arrimés sur les ouvertures des terriers. On n'avait plus qu'à les assommer. Treize avaient été tués ce jour-là. Avec l'homme, l'efficacité croît, la cruauté aussi.

Paul arriva sur la place d'Aulnac, encombrée de roulottes de forains, d'un manège de chevaux de bois, d'une confiserie, d'une buvette, d'un stand de tir et d'un autre de pêche à la ligne. Il était quinze heures ; déjà beaucoup de gens circulaient entre les différentes attractions. Un joyeux brouhaha montait de cette foule colorée, en perpétuel mouvement.

Tout à coup, il la vit. Il ne vit qu'elle. Elle était de dos, vêtue d'une jupe courte noire et d'un tee-shirt rose foncé. Elle regardait l'étal d'un bouquiniste.

– Bonjour, Daphné.

Elle se retourna vivement, à son habitude. Un grand sourire éclaira son visage. Elle était rayonnante.

– Oh ! Paul, j'espérais vous revoir.

– Moi aussi.

Ils se reculèrent un peu afin qu'on ne pût les entendre.

– Des nouvelles de notre… ? questionna-t-elle.

– Tout va bien, il me semble. De votre côté ?

– Je l'ai revu. J'ai refait des photos, d'encore plus près, car il s'est avancé davantage dans le vallon. Mais ça fait deux jours que je n'y suis pas retournée.

Paul l'informa du trio devenu quatuor.

– C’est plutôt un atout, dit la fille. Vous avez bien joué.
– Si Bazaine tient parole !...
– Je suis contente de vous revoir parce que je voulais vous donner ceci.
Elle sortit un tract d’invitation à une exposition de ses photographies qu’elle organisait à Lestalle le dix juillet.
– Oh ! merci.
– Vous viendrez ?
– Sûrement… Dites, vous n’exposez pas les photos du cerf ?
– Bien sûr que non.
Elle ajouta avec un sourire taquin :
– Je sais garder un secret.
– Je suis idiot… Pardon.
– Ça me ferait vraiment plaisir que vous veniez.
– Je viendrai. Je ne raterais ça pour rien au monde.
Elle allait répondre quelque chose de malicieux quand un jeune gars surgit, qui l’apostropha rudement.
– Qu’est-ce que tu fous ? Grouille-toi ! Ça commence !
Il avait déjà disparu. Daphné s’était rembrunie. Elle était gênée.

– Pardon. Je dois y aller. C'est Tony. Tony Mandon. Mon petit copain. Le bal commence. Désolée…
– Je comprends. Allez-y.
– À bientôt alors ?
– À bientôt.
Il l'avait sentie partir à contrecœur et il s'était retrouvé seul, plus seul au milieu de la foule qu'au centre du Sahara.
Il avait tourné bride et regagné son Terrier. Il n'avait plus le cœur à rien. Surtout pas à danser.

Mardi 5 juillet.
Quel imbécile ! S'être imaginé qu'une fille comme elle puisse être libre ! C'est insensé !
Vingt fois il s'en était fait le reproche depuis dimanche.
Il pouvait dire qu'il jouait de malchance avec les femmes. Mais tout espoir était-il réellement perdu avec la belle photographe ? Elle paraissait l'apprécier beaucoup. Et ce Tony n'avait pas l'air très raffiné…
Non, sans doute, ne me voit-elle que comme un ami, avec qui elle partage le volet artistique et écologique de sa vie… Tony Mandon en serait bien incapable. Que peut-elle lui trouver ? Physiquement, il n'est pas mal, bien sûr… En attendant, je me suis pris un bon coup sur la tête !
L'amour, qui cicatrise toutes les plaies, sait si bien en créer d'autres quand il vire au naufrage.

Le téléphone sonna.
– C'est Guillaume. Vous ne connaissez pas la meilleure ?
– Le cerf ?!

– Non. Rassurez-vous.
– Ouf !
– Dans la nuit de samedi à dimanche, profitant de ce que beaucoup de monde était à la frairie d'Aulnac, de gros bonnets de Lestalle ont été pincés par les gendarmes à braconner en voiture au nord de Plancol.
– Non ?!
– Comme je vous le dis ! Le docteur Bary, le pharmacien, le vétérinaire et, pour couronner le tout, Févier-Collignon en personne, le conseiller départemental. Ils avaient tendu des fils de fer sur le devant des voitures, entre les roues. Deux voitures. Et en avant dans les chemins de plaine ! Là-bas, ce sont des terres de groies toutes plates. Ils aveuglaient les lapins et les lièvres avec leurs phares et les culbutaient avec les fils tendus.
– Ils ont inventé la faucheuse à gibier !
– Le problème, c'est que le père Toivel a repéré leur petit manège. Il a téléphoné à la gendarmerie, qui est intervenue aussitôt…
– Et ?
– Et l'affaire a été bien entendu étouffée ! Le député, Xavier Pressigout, est intervenu, le président du Conseil départemental aussi. De quelle infraction parle-t-on ? Il n'y a jamais eu d'infraction ! Mais le père Toivel, lui, n'a pas ses yeux dans sa poche, ni sa langue…

– Quel scandale !
– Vous savez, le poisson pourrit toujours par la tête.
– Ah ! Si ça avait été un Bazaine…
– La prison, directement !
– J'imagine la tirade du général de Beaulieu sur le pourrissement des « élites ».
– Il doit fulminer !
– Il y a de quoi. Je pense que les électeurs, indignés, s'en souviendront.
– Oh ! vous savez, ils oublient si vite. Et la position des notables est encore très solide dans nos campagnes.
– En tout cas, merci pour la nouvelle. Je suis soulagé de ne pas avoir eu à intervenir. Je pense que je n'aurais pas fait de vieux os ici. On m'aurait vite muté ailleurs. Et ça aurait été bien dommage.
Ils évoquèrent ensuite le quatuor, sa fiabilité, la complémentarité de ses membres. Et ils ne purent que s'en réjouir.

Paul passa l'après-midi à jardiner (*j'amincis mon empreinte écologique*), à bricoler, et la soirée à écouter le dernier Renaud, à reprendre son Genevoix préféré avec *Raboliot : La dernière harde*. Ce ne fut pas sans angoisse qu'il relut cette fin tragique, les biches « veuves dans les

Orfosses », qui « attendent en frissonnant, toutes seules dans la forêt morte »…

Moi, j'attends le contraire, que notre cerf vive, que des biches le rejoignent, que la forêt renoue avec la richesse et la plénitude d'antan.

Il fredonna :

– Mais peut-on remonter le temps ?

Mercredi 6 juillet.
Ce mercredi avait été chaud mais sans excès.
Le Sud-Charente voguait dans les longs jours ensoleillés, sous le poudroiement inaltérable de l'azur. Des dorures apparaissaient sur les mamelons et les bosses : les moissons commençaient…
La forêt prenait une teinte plus sombre. Son vert, jusqu'ici tendre, fonçait et se tassait.
Çà et là, on pouvait remarquer les signes d'un début de sécheresse : des revers de talus grillés, des arbres isolés perdant déjà des feuilles, des sources prises d'assaut par la sauvagine.
Un petit vent continuel rendait le sol poudreux et altérait les créatures vivantes.
Le niveau des rivières avait baissé.

Il était seize heures. Paul revenait d'une réunion à la Fédération départementale des chasseurs, à Angoulême. Il était saoulé de chiffres et de discours. Il avait besoin de s'aérer la cervelle.
Elle sonne creux comme une vieille calebasse.

La rêverie le gagna. L'image de Daphné Giraud se superposa tout naturellement au paysage qui défilait.
Comment ne pas s'enchanter de l'harmonie entre une voix, un prénom et un visage ?
Comment résister à un sourire si désarmant ?
Ah ! cette fille, elle me liquéfie le cœur ! Pour la revoir dimanche, il faut absolument que je choisisse une heure où il n'y a pas foule… Que l'on puisse parler…
Il fit brusquement le lien avec un souvenir de lycée, encore frais, qui avait suscité en lui un vif émoi. Il était alors un bel adolescent pour qui en pinçaient toutes les filles. Le professeur de français leur avait fait étudier un passage de la mythologie grecque : la nymphe Daphné poursuivie par Apollon devenu éperdument amoureux d'elle. Mais la belle oréade aimait Leucippe, un simple mortel, et elle s'enfuit pour échapper aux ardeurs du dieu. À la fin de l'histoire, elle se retrouvait métamorphosée en laurier, plante depuis lors tenue pour sacrée. Cette poursuite avait fait vibrer le garçon, en proie aux premières tortures du printemps. Surtout quand M. Legarier avait mis en regard du texte le tableau *Apollon poursuivant Daphné* du peintre britannique John William Waterhouse. À l'interclasse, on lui avait glissé un mot dans la

poche. « Tu es mon apollon. Je veux bien être ta Daphné, et moi, crois-le bien, je ne prendrai pas la fuite ! » Il était signé d'Émilie B., la fille la plus jolie de la classe.

Moi, je ne suis pas Apollon, mais ma Daphné est éprise d'un autre mortel. Je ne peux que rêver de la poursuivre...

Soudain, le Kangoo, qui avait dérivé, mordit sur le bas-côté, où il cahota durement. Le garde, par miracle, réussit à le ramener sur la route.

Hou ! Redescends sur terre, mon gars ! En pleine ligne droite... Heureusement qu'il n'y avait personne...

Il avait des sueurs froides. Son cœur cognait avec violence.

Lancé à cent dix kilomètres/heure, Paul Jérémie venait de frôler la mort.

Vite, du calme, de l'action. Seule l'action détournait son esprit des chimères du rêve. Et pour cela, rien ne valait un tour d'inspection. Il se devait en priorité à la surveillance du jeune cerf. Sa sauvegarde n'attendrait pas. Là, au moins, on était dans du concret.

Paul guettait la sortie de l'animal. Il fouillait avec ses jumelles le front de forêt, sombre et fermé comme un mur. C'était l'heure habituelle. Tout semblait calme, mais le garde était soucieux. Il sentait comme une crispation dans l'air, une indéfinissable menace. Au bout d'un moment, le haut rempart végétal parut s'ouvrir. Dans les oculaires se matérialisa un nouvel arbuste : une ramure à six cors fièrement dressée. Mais la bête restait en retrait derrière des buissons. Prudente, elle s'assurait de la sécurité des lieux avant d'aller au gagnage.

Son examen minutieux des alentours dura cinq bonnes minutes. Sentait-elle un danger ? Avait-elle des raisons de se méfier ? Les cerfs sont réputés pour leur instinct divinatoire.

Paul était prodigieusement attentif.

La belle Daphné, l'embardée sur l'accotement, l'existence de Tony comme une épine au cœur, tout avait disparu de ses préoccupations. Il n'existait plus que ce splendide animal, anormalement inquiet dans le soir descendant. Sa présence reconstituait un peu plus de l'antique bestiaire médiéval. Il ne manquait plus que le loup, qui serait là dans dix ans, et que l'aurochs, hélas disparu, que l'on avait plus ou moins recréé à l'aide de sélections à rebours. Mais ni l'aurochs ni le bison d'Europe ne seraient plus relâchés dans la nature, bêtes de parcs, de zoos, de fermes d'élevage. Le nom de Brichemer émergea tout à coup dans la mémoire du garde, Brichemer, le nom du cerf dans *Le Roman de Renart*.

Brichemer était de retour ! Et, dans un monde qui se délitait, la nouvelle prenait une considérable importance.
Cependant, l'animal finit par s'avancer dans le champ, de quelques mètres, tout en restant singulièrement nerveux. Il ne se décidait pas à viander.
Ce fut alors que, cinq cents mètres plus bas, dans le fond du vallon, un coup de feu retentit. En l'espace de deux secondes, Paul vit un chevreuil foudroyé culbuté au sol, un chevreuil dont il n'avait pas perçu l'arrivée, et le jeune cerf se volatiliser au galop. Puis un homme claudiquant sortit de la partie basse de la forêt, chargea le brocard sur ses épaules et disparut.
Mesurant la distance, le garde se rendit compte qu'il ne pourrait rattraper l'individu ; aussi se hâta-t-il, pendant qu'il le voyait, de noter un maximum de détails, afin de rendre son identification plus facile.
Brichemer était sauf, et l'aventure le rendrait encore plus méfiant. C'était le point positif.
En revanche, le braconnier avait-il vu le cerf ? Question cruciale, à trancher sans plus attendre. Paul descendit à l'endroit d'où l'homme était sorti. Il retrouva le lieu exact de son affût. Non, d'ici, impossible d'apercevoir la bête : une avancée de la forêt faisait écran. Mais le garde

releva des empreintes de l'animal à proximité. Le danger n'était donc pas écarté, loin de là. Même il se rapprochait.
Rude journée que celle où Paul et son protégé avaient tutoyé leur mort…

Dimanche 10 juillet.

Depuis jeudi, Paul connaissait le nom. Une visite à Boisgimon avait suffi. Le garde n'en était encore qu'au début de sa description que Guillaume Brédon s'était écrié :

– Cassagne !

La suite du portrait n'avait fait que confirmer l'identité du braconnier.

– C'est qui, dites-moi, ce bonhomme ?

– Je l'ai reconnu tout de suite. À la boiterie, à la taille courte, au torse large, un type trapu... C'est un gars d'une quarantaine d'années. Il habite avec sa mère, à La Chanoiserie, à la limite de Marivaud et de Pluvignac, sur la route de Ribérac, dans une bicoque qui n'est pas bien reluisante. Il cultive un petit arpent de terre. On ne sait pas trop bien de quoi il vit. Un gars un peu sauvage, qui ne voisine guère. En fait, un type qui fait plutôt peur.

– Son handicap n'a pas l'air de le gêner beaucoup.

– Il l'accentue devant les gens. Il doit toucher une pension d'invalidité.

– Ce que j'ai vu, moi, c'est un homme déterminé, rapide et costaud. Évidemment, il n'avait pas intérêt à lambiner !
– C'est ennuyeux, cette affaire !
– Doublement. On pourrait perquisitionner chez lui. Mais le chevreuil n'est sûrement plus là. Il va falloir surveiller le bonhomme et le prendre en flagrant délit. Ce qui me tracasse le plus, c'est pour le cerf. Près du sentier par où je pense que Cassagne s'est défilé, j'ai relevé des empreintes de l'animal.
– Hou là ! Il y a le feu, alors !...
– Comme vous dites !

Dès le vendredi, Paul s'était arrangé pour voir Bazaine au Maine Perdu. Il lui avait raconté sans ambages l'exécution du brocard.
– Et vous pensez que c'est moi ?
– Non, je sais qui c'est.
Le garde laissa passer un court silence, avant de lâcher le morceau.
– C'est Cassagne.
– Sale histoire. Surtout s'il prend l'habitude de venir tourner par là. C'est près du cerf.
– Si je suis là…
– J'ai compris, M. le garde !
– Merci, Bazaine. Je vous donne une vieille paire de jumelles (j'en ai une autre). Et voici mon

numéro de portable. Je suis joignable à toute heure, de jour comme de nuit.

Lestalle était assoupi en ce début de dimanche après-midi. Pas un piéton dans les rues. Seuls quelques vacanciers étaient de passage sur la route de Libourne.
Les gens en sont au dessert et au café. Ou à la sieste. Ou ils sont tous partis à la mer. J'espère que Daphné a quand même quelques visites... Si elle pouvait ne pas être flanquée de ce Tony...
Elle était seule dans la salle d'exposition. Elle vint à lui de son pas décidé, avec un grand sourire. Elle portait une longue robe bleue qui lui moulait délicatement le corps.
Seigneur, qu'elle est craquante !
Avant qu'il ait eu le temps de faire ouf, elle lui avait plaqué deux bises sur les joues.
– Paul, c'est si gentil. Venez, il me reste du café. J'ai mangé ici...
– Seule ?
– Oui. En fait, j'ai eu tort de ne pas fermer de midi et demi à deux heures. Il n'y a personne à ce moment-là... Je suis donc doublement heureuse de vous voir !
– Je n'ai pas pu passer ce matin, au moment de l'inauguration. Vous avez eu du monde ?
– Ça va. Je suis contente.

– Tony ne vous tient pas compagnie ?
– Non. Enfin... c'est-à-dire... nous ne sommes plus ensemble.
– Ah ?...
– C'est ainsi.
– Là, normalement, je suis censé dire « désolé », mais en fait je n'ai pas trop envie de le dire.
Un sourire fugitif glissa sur les traits de la jeune femme.
– Moi non plus, je ne suis pas désolée. Nous n'étions ensemble que depuis une quinzaine de jours. Une erreur de ma part. Je m'en suis vite rendue compte. Au début, il m'a trompée sur sa vraie personnalité. « La picole et la drague », selon son expression, ne peuvent pas être mon idéal de vie… Vous ne dites rien. Vous devez me juger sévèrement.
– Daphné, comment pouvez-vous penser ça ! Vous savez bien que non. Et comment a-t-il pris la rupture ?
– Lui ? Oh ! Il avait déjà sans doute une autre fille en vue… Ça n'a pas dû l'affecter plus que la perte d'un paquet de cigarettes.
Paul sourit, finit sa tasse et se leva.
– Merci pour le café. Il est vraiment bon. Si nous regardions vos photos ?
Elle l'accompagna tout au long, livrant des détails techniques, répondant à ses demandes.

Elle avait réalisé de beaux clichés. Paul fut séduit. Il s'arrêta plus longuement devant une photo de chat sauvage à l'affût, avec ses oreilles horizontales et de superbes yeux d'or, une photo de lièvre faisant le chandelier et se découpant sur la lune ronde à son lever, et une autre de brocard franchissant d'un bond un échalier sur un sol couvert de neige.

– Quelle patience il faut ! Et quel talent ! Quel matériel aussi ! Je suis emballé… Vos photos du cerf, ça doit être quelque chose !

– Il y en a de pas mal. Vous aimeriez les voir ?

– Vous les avez là ?

– Non. Mais vous pourriez passer un soir à la maison.

– Si ça ne vous gêne pas…

– C'est moi qui vous le propose.

– Alors, avec plaisir !

Ils convinrent d'une date, échangèrent des nouvelles du cervidé.

– Le voici donc plus menacé que jamais, fit tristement Daphné.

– J'en ai peur…

Paul s'acheminait vers la sortie.

– Je ne vous ai pas vu au bal l'autre jour ?

– Nous nous étions dit au revoir. Je suis parti aussitôt après.

– Vos admiratrices étaient déçues.

– Quelles admiratrices ?
– Oh ! À peu près la moitié des femmes du canton !
– N'importe quoi !
– Moi aussi, je l'étais un peu.
– Vous étiez avec Tony.
– Mais pas mariée avec lui. Il y a un bal à Pluvignac le quatorze juillet. J'aurai peut-être le plaisir de vous y rencontrer ?
– Je vais étudier la question.
Daphné était déçue par le manque d'enthousiasme de Paul, elle se mordillait la lèvre inférieure.
Alors, il ajouta :
– De très près !
Et il retrouva ce sourire malicieux qui était devenu son pain de vie.

Jeudi 14 juillet.
Daphné était prise tous les soirs : lundi, à démonter son exposition, mardi, à son entraînement de judo, mercredi, à recevoir son amie Carole Delaure, déprimée après la perte de son bébé. Paul tua le temps en allant reconnaître de loin la maison de Cassagne, en multipliant les tours de garde, et en réfléchissant aux préparatifs et aux conséquences de l'ouverture de la chasse, le 18 septembre. Il fallait anticiper…

Il projeta aussi d'acheter un laurier en container et de le planter devant la maison.

La jeune photographe s'était placée à l'entrée de la salle de bal de Pluvignac. Elle avait déjà refusé deux danses. Soudain Paul parut, elle se précipita. Ils s'embrassèrent, échangèrent quelques mots, puis le couple se lança sur la piste.
Le dépit se lut sur le visage de plusieurs jeunes femmes. Elles découvraient que Daphné avait pris plusieurs longueurs d'avance.

Ils étaient seuls au monde, mais observés par trente paire d'yeux.
Paul restait maître de son visage, cependant on le sentait soulevé de bonheur. Il tournait avec sa Daphné dans ses bras, sa féline, sa câline, son accélérateur cardiaque, et la vie n'avait jamais été plus belle, ni l'avenir plus splendidement prometteur.
Soudain, il entendit son portable vibrer dans sa poche.
– Excuse-moi.
Il sortit de la salle prendre la communication.
Daphné se porta à l'entrée pour l'attendre. Il revint aussitôt, soucieux.
– Je dois y aller, pardon. Il se passe une chose grave. Le feu, pas très loin de Fossemerle… Je te tiens au courant…
Elle le retint au vol par le bras.
– Fais attention, Paul.
– Promis.
Elle le regarda filer dans la nuit, manifestement nerveuse, les sourcils froncés.
– Ça y est, tu as bien fait ta dinde énamourée !...
Tony venait de surgir derrière elle. Il lui empoigna le bras.
– Allez, viens danser à présent !
– Tu ne me touches pas !
Elle se dégagea d'un coup sec.

– Tu ne me touches plus jamais !
Et elle pivota sur la droite vers le parking.

Vendredi 15 juillet.

À dix heures trente, Daphné l'appela.

– C'est ma pause. Alors, dis-moi…

– Une bande d'ados. Ils squattent la grange abandonnée dès qu'ils ont un moment de libre. Ils boivent, fument, se droguent, font des galipettes dans le foin. Résultat, un mégot lancé dans l'herbe, et avec la sécheresse…

– Beaucoup de dégâts ?

– Cinq hectares brûlés. Les pompiers de Lestalle et de Ludirac sont intervenus aussitôt, heureusement. Et il n'y avait pas de vent pour leur compliquer la tâche.

– C'est les jeunes qui les ont appelés ?

– Non, c'est une certaine Mme Martinat.

– La sorcière ?

– Je ne sais pas si c'est une sorcière. En tout cas, de sa maison, elle a vu les premières flammes et elle a vite fait le 18… C'est une sorcière ?

– C'est ce que disent les gens… Et les jeunes ?

– Eh bien, ils ont décampé. Ce matin, ils ont reçu la visite des gendarmes et nié y être pour quelque chose, mais vu le nombre de bouteilles et de mégots trouvés dans les parages…

– Mais, toi, pourquoi t'a-t-on appelé ? Tu es pompier volontaire ?
– C'est Bazaine, dès qu'il a vu la fumée. À vol d'oiseau, Fossemerle n'est pas loin du Canton du Couteau…
– Je comprends. Et notre cerf ?
– Ni feu, ni coup de feu, sois rassurée. Mais ça a dû le déranger.
– Nous aussi, ça nous a dérangés, Paul.
– Je regrette, tu sais. On se voit toujours après-demain ?
– Bien sûr.
– Je t'embrasse, Daphné.
– Moi aussi, Paul. À dimanche.

Dimanche 17 juillet.
Paul arriva à La Houlette du Breuil vers dix-huit heures.
Le hameau était bâti dans une légère dépression de terrain, ce que signifie exactement le nom *houlette*.
Quant au *breuil*, il s'était rétréci aux dimensions d'un bosquet entourant à l'ouest et au nord le bâtiment principal.
Daphné fit faire à Paul le tour du propriétaire. À l'est de la maison, elle avait semé une jachère fleurie.
– Tu veux faire du miel ?
– Peut-être. Mais plus tard.
– Un potager ?
– Oh ! Pas le temps !
– C'est vrai, j'oubliais que tu es très occupée !
– Tu peux parler !
Devant la maison, un jardin à l'anglaise, avec une jolie tonnelle, donnait un air de charme ancien et de fraîcheur.
– Tu veux voir mon promenoir ?
– Tu ne te refuses rien !

Une allée tondue, soigneusement ébranchée, traversait le petit bois vers l'ouest. Ils l'empruntèrent, débouchèrent sur un champ de tournesols.
– Quand ils sont fleuris, j'aime bien venir voir le soleil se coucher derrière eux.
– Soleil sur soleils…
Il se garda d'ajouter bêtement : mais tu les éclipses tous.
– Revenons, si tu le veux bien, dit Daphné, j'ai quelque chose pour toi.
– Moi aussi. Tu es seule dans ce hameau ?
– Comme tu vois. J'ai retrouvé d'anciens documents. De l'autre côté de la route, il y avait autrefois une petite maison. Elle a été rasée. Quand c'est labouré, on devine encore l'emplacement des fondations, ça fait plus blanc dans la terre. Collé à la maison, à droite, c'est un ancien fenil. Le précédent propriétaire l'a reconverti en garage. Et à gauche, cet appentis que j'ai fait fermer me sert de remise de jardin.
– J'adore cet endroit. Mais ça fait un gros boulot d'entretien.
– J'aime ça.
– Tu as acheté il y a longtemps ?
– Quatre ans. Je te montrerai la maison une autre fois. Pas tout le même jour. On va prendre l'apéritif sous la tonnelle. Tu peux t'installer…

Daphné revint avec un plateau.
Un livre l'attendait, posé sur la table. *Le génie des loups* de Paul-Émile Victor.
– Dans mes rangements, j'ai trouvé ce bouquin en double. Ça t'intéresse ?
– Carrément ! Merci.
– J'aurais dû te porter des fleurs.
– Tu m'as porté toi, c'est encore mieux.
– Il faudra que nous échangions notre numéro de portable.
– Et notre adresse mail.
Ils trinquèrent, puis Daphné sortit les photos tant attendues.
– Waouh ! s'exclama le garde. Incroyable ! On le touche du doigt !
– J'ai un bon téléobjectif.
– Qu'il est beau, ce cerf !
– C'est un animal en pleine santé.
– Je ne l'aurai jamais vu de si près, ajouta Paul tristement.
– Pourquoi tu fais cette tête ?
– Je ne sais pas si nous le reverrons. Nous ne l'apercevons plus, ni Brédon, ni Bazaine, ni moi. Il a dû changer de secteur. L'incendie, les pompiers… Tout ce chambard…
– Oh…
– Alors, garde bien ces photos. Tu n'auras peut-être pas l'occasion d'en faire d'autres.

– Bien sûr, je les garde ! Veux-tu que je t'en fasse retirer certaines ?... Si. Ça me ferait plaisir… Et ça me donnerait l'occasion de te les porter.
– Et de découvrir mon terrier !
– Je pense les avoir mercredi.
– Parfait. Alors, viens manger mercredi soir.
Au moment du départ, Paul sentit un élan intérieur de la belle fille vers lui, mais il ne voulait pas brusquer les choses, et Daphné accusa le coup, tout en faisant contre mauvaise fortune bon cœur.

Mercredi 20 juillet.
Daphné arriva au Terrier Malart en short et en polo, plus rayonnante que jamais.
La visite des lieux fut plus brève qu'à La Houlette. Il y avait moins à voir. En revanche, elle s'extasia sur la vue.
– Toi, tu me bats pour les couchers de soleil.
Elle offrit à Paul les trois photos du cerf qu'il avait sélectionnées.
Pendant le repas sur la terrasse, à l'ombre d'un parasol, ils revinrent sur le sujet de l'animal. Bonne nouvelle, il avait été retrouvé : Bazaine l'avait repéré, viandant dans le vallon de la Font Meslier. Mauvaise nouvelle : c'était plus près de la maison de Cassagne, à deux kilomètres seulement à vol d'oiseau de La Chanoiserie. Les événements récents avaient déplacé vers l'est le territoire du cerf.
À la fin du dîner, un chat gris souris, à gorge et socquettes blanches, fit une apparition.
– Je te présente Persépolis, dit Paul.
Le matou alla directement à Daphné et se laissa caresser avec complaisance, se fendant d'un ronronnement satisfait.

– Je croyais que tu vivais seul ici ! Remarque, moi je ne t'ai pas présenté Presse-papiers, qui n'a daigné sortir quand tu es venu. Il dormait dans la maison. Presse-papiers parce qu'il est toujours vautré sur mon bureau, sans la moindre vergogne.
– Lui, c'est Persépolis, parce qu'il perd ses poils.
Ils s'amusaient beaucoup.
– C'est drôle, un garde-chasse avec un chat mais pas de chien !
– J'ai toujours été plutôt chat.
– Moi, c'est mon premier, j'attendais d'avoir une maison à moi.
– Persépolis est le second. Il s'est très bien adapté à son nouvel environnement. Le premier s'appelait Grain d'amour.
– Oh ! c'est beau !
Paul devint brusquement grave. Il articula, ralentissant sa voix :
– Le chat Grain d'amour…
Daphné reçut le mot comme une gifle. Elle en fut désemparée quelques secondes.
– Pardon. Je n'avais pas compris.
– Tu ne pouvais pas, Daphné.
Elle se taisait, regardant ailleurs.
Le garde bataillait pour se ressaisir. Au bout d'un moment, il finit par lâcher :

– C'était la fille la plus géniale, la plus adorable que j'aie jamais vue. Du moins je le croyais. À l'usage, elle s'est très vite révélée une petite peste imbuvable, une manipulatrice obnubilée par son ego. Nous avons divorcé au bout d'un an. Il ne m'a pas fallu moins d'une décennie pour évacuer le venin accumulé dans mon organisme.
Daphné le regardait, effarée. Il poursuivit.
– C'était vraiment quelqu'un de toxique. J'ai compris plus tard : j'avais affaire à une personne du type « pervers narcissique ».
Un silence passa dans l'air, assez long.
– Et maintenant ?
Il y avait une telle attente dans les yeux, dans la voix de Daphné… Devant le monde, au bal de Pluvignac, il avait affiché une grande proximité avec elle, démentie dans son privé lors de l'adieu décevant à La Houlette. Il sentit qu'à cette seconde il pouvait la perdre. Il se hâta de reprendre :
– Mais récemment, un événement est intervenu. Une rencontre… Et comme par miracle, cet épisode sombre de ma vie s'est trouvé du jour au lendemain rejeté dans le passé à une profondeur vertigineuse.
– Une fille, je suppose ?
– Une fille irrésistible, exceptionnelle… Photographe hyperdouée…

Daphné s'était levée, comme mue par un ressort.
– Mais j'ai trop peur qu'elle me fasse une prise de judo !
Il vit grandir vers lui un corps mince et flexible, un visage radieux, des yeux noisette pailletés de vert.
Il reçut sur les siennes des lèvres chaudes et passionnées.
Il engloutit la jeune femme dans ses bras.
Persépolis s'était éclipsé.
La lumière dorée du soir emplissait – et amplifiait – le ciel.
Au-dessus d'eux, dans les pins, les palombes chantaient.

Jeudi 21 juillet.

Loin vers l'est, sur une sorte de lande pentue enclavée dans la forêt, un magnifique brocard se tenait en alerte, tout droit, les oreilles mobiles. Ce début de nuit éveillait en lui de la méfiance. Les alentours étaient d'un calme absolu. Une paix trop prononcée régnait. Paradoxalement, un trop grand silence inquiète les animaux. Dans la nature, c'est toujours une anomalie. Si toute créature se tait, c'est que le danger rôde.

Le chevreuil était immobile depuis dix longues minutes.

Tout à coup, il se coucha dans les herbes. Seule sa tête couronnée dépassait. Elle était de la même couleur que la végétation environnante.

De là, il pouvait surveiller les quatre coins de la forêt, tous lui assurant une bonne distance de fuite.

Un quart d'heure passa. La tension devenait palpable dans l'air. Il était clair qu'un drame couvait. Enfin, la menace se précisa. Un mouvement infime parut se dessiner au centre de la lisière nord. Un coup de feu claqua. En une fraction de seconde, le chevreuil, qui veillait, eut un extraordinaire bond d'esquive qui lui sauva la vie – la balle lui passa sous le ventre – et il déguerpit en sauts épouvantés de sept à huit mètres de longueur. Longtemps on devait l'entendre aboyer rageusement au fond de la forêt.

– Raté, dit Paul, dans le dos de Cassagne. Cette fois, tu es cuit.

– Pas encore, fit le tueur, en s'élançant sur la lande.

Mais sa boiterie le gênait. Et il vit surgir deux hommes à sa gauche et à sa droite, tous armés de fusils. C'étaient Guillaume Brédon et son fils Daniel. Le braconnier était pris en triangle, toute retraite coupée.

Une heure plus tard, les gendarmes de Lestalle vinrent le cueillir.

– C'est le cerf qu'il aurait bien voulu abattre, ce fumier ! s'échauffa Daniel, que son père avait fini par mettre au courant.

– Merci, les gars, sans vous il m'échappait encore. En tout cas, il a essayé !...

– Ce salaud-là aurait bien été capable de te tirer dessus ! conclut Brédon père, qui dans le feu de l'action s'était mis à tutoyer affectueusement Paul.

Vendredi 22 juillet.
Daphné, déjà au courant de l'arrestation tellement les nouvelles se propagent vite à la campagne, se précipita au Terrier Malart dès la fin de son travail.
Elle se jeta dans les bras de Paul.
– Tu n'as rien, mon chéri ?
– Mais non. Pourquoi veux-tu…
– Le bruit a circulé que l'un de vous était blessé.
– Non, je t'assure. Encore un bobard ! Il faut toujours que les gens fassent circuler des rumeurs. Je ne comprends pas ça… Viens, ma belle…
Ils disparurent un long moment dans la maison.

Quand ils redescendirent de l'étage, Paul donna les dernières nouvelles.
– Cassagne a été déféré au parquet d'Angoulême. Il va prendre cher. Ce matin, les gendarmes ont perquisitionné à son domicile. Ils ont saisi deux fusils et une carabine 22 Long Riffle. Ils ont trouvé dans son congélateur la découpe de cinq chevreuils. Il revendait la viande à des restaurateurs peu scrupuleux. Il a avoué aussi

fournir en pieds de chevreuil un type de Ludirac qui fabrique avec eux des ustensiles de cuisine.
– Tout ça, tout ça !...
– Quatre charges ont été retenues contre lui : chasse de nuit avec arme, refus d'obtempérer devant un garde fédéral, détention d'engins prohibés et trafic illicite d'animaux relevant du plan de chasse.
– Tu as eu peur, mon amour ?
– Non. Mais si j'avais été seul…
– Tu fais un boulot dangereux. Je ne suis pas tranquille.
– Arrête, Daphné, une histoire comme ça ne va pas se produire tous les jours.
– C'est gentil d'essayer de me rassurer, Paul, mais je sais bien qu'il existe en milieu rural une nouvelle délinquance liée à la crise économique.
– Exact. Autant que tu le saches. J'ai eu une journée de formation là-dessus. Il s'est développé un véritable marché noir. Un chevreuil peut rapporter de quatre-vingts à cent soixante euros, un sanglier ou un cerf davantage. Dans la restauration, ou même chez de riches particuliers, on peut facilement écouler la viande de gros gibier. Depuis quelques années, on s'en prend même aux moutons, aux vaches, abattus et dépecés dans les prés en pleine nuit. Les plus culottés vont jusqu'à faire des razzias dans les

poulaillers et les porcheries, au risque d'éveiller les chiens de ferme et de se prendre un coup de fusil ! Mais, pour ce qui est des bêtes d'élevage, c'est du ressort de la gendarmerie. Pour les bêtes rousses ou noires, oui, c'est du nôtre, mais rassure-toi, nous devons respecter un protocole d'intervention qui diminue beaucoup les risques encourus.
– Comment en est-on arrivé là ?!
– Tu l'as dit, c'est lié à la crise économique. À force que le système capitaliste enfonce la classe déshéritée, et paupérise la classe moyenne…

Ils avaient fini de manger.
– À demain, mon chéri. Je ne reste pas cette nuit. Mais toi, demain après-midi, tu pourrais descendre assez tôt…
– Et tu me ferais entrer dans ta maison ?
– Je me demande même si je ne vais pas t'y séquestrer tout le week-end !

Samedi 23 juillet.
Ce samedi matin, Paul Jérémie reçut deux visites coup sur coup.
Guillaume Brédon vint tôt aux nouvelles. Selon lui, Cassagne allait être neutralisé pour longtemps.
– Nous devons une fière chandelle à notre Raboliot, fit le garde, par allusion au coup de fil avertisseur de Bazaine. Sans lui…
– Il ne doit pas dormir beaucoup, s'amusa Guillaume.
– Mais on ne pouvait évidemment pas le citer comme témoin !
Le président était venu pour proposer à Paul de déplacer la réserve sur le territoire du cerf.
– J'y ai pensé, fit le garde. La forêt de Claveau, les secteurs du Canton du Couteau et du Puits-Perdu, les vallons du Pipindour, de La Fuie, la Frésaie, la lande de Morchamps…
– En plus, le général aurait la paix. Elle séparerait Lamorlante du reste de la commune… Mais notre proposition fera grincer des dents.

Justement, le second visiteur fut le capitaine Faran. Il apportait à Paul un cageot de superbes fruits : prunes, pommes, poires…
– Avec les félicitations du général pour votre efficacité. Oui, nous ne sommes pas si isolés que la capture de Cassagne ne nous soit revenue aux oreilles… Amélie est notre agent secret !
Paul sourit.
– Merci, mon capitaine.
Ce dernier, montrant les fruits, ajouta, l'œil complice :
– À partager, naturellement, avec la belle Daphné… Félicitations là aussi. Eh ! toujours Amélie… Oh ! vous savez, il ne faut pas vous formaliser. Le phénomène *Gala* et *Voici*, avec la saga Brad Pitt-Angelina Jolie, n'est que l'agrandissement de ce que l'on observe dans la moindre de nos communes.
Le garde en rit de bon cœur.
– À la campagne, on ne voit jamais personne, mais tout le monde sait tout sur tout le monde !
– Pas tout à fait quand même, nous gardons nos petits secrets.
– Vous avez raison, et il me faut vous en dévoiler deux, dont je vous prie d'informer le général de Beaulieu. Je pense qu'ils ne le laisseront pas indifférent.

À la nouvelle de l'emplacement probable de la prochaine réserve, et à celle de la présence du cerf, Faran ne put masquer un vif contentement.
– Oh ! quel bonheur vous allez faire au général ! Un cerf ! C'est formidable, magnifique, inespéré ! Nous sommes pleinement avec vous comme vous êtes pleinement avec nous. Un cerf ! Il faut savoir qu'au XVIe siècle, tuer un cerf était passible de mort, c'était un gibier royal. Mon cher Jérémie, nous allons tout faire pour que celui-ci puisse vivre de sa belle vie !
– Merci, mon capitaine. Et mes respects à M. le général.

Daphné finissait juste *Le génie des loups* à l'arrivée de Paul.
– Passionnant, j'ai beaucoup aimé. Peut-être qu'un de ces jours je pourrai ajouter des photos de loups à ma collection.
– Je te le souhaite, mon ange.
Elle le prit par la main.
– Viens, entrons. Je vais te présenter mon colocataire.
Presse-papiers, un pacha orange, dormait à poings fermés sur un fauteuil.
– En plein travail, comme tu vois.
La jeune femme fit les honneurs de sa maison, puis ils ressortirent discuter sous la tonnelle,

regardèrent un album de famille. Les parents de Daphné tenaient un magasin de prêt-à-porter dans le Nord-Charente. Elle avait un frère plus jeune, qui voulait faire pompier professionnel.
Paul était, quant à lui, un enfant de l'Assistance publique. Il avait vécu, jeune garçon, dans le fin fond du Sud-Charente, à la limite de la Gironde et de la Charente-Maritime.
Il était vers seize heures quand, soudain, la belle fille se leva, passa derrière son chéri, lui saisit délicatement la tête, la couvrit de baisers, puis :
– Ne bouge pas, mon amour. Je reviens.
– Je n'ai pas du tout l'intention de bouger !
Elle revint vite, en effet, portant un gâteau avec deux bougies qui formaient le nombre trente.
– Tu ne croyais tout de même pas y échapper !
Paul, fou de joie, la cueillit au vol, la pressa dans ses bras à l'étouffer.
– Ma belle ! Mon bonheur ! Mon petit miracle à moi !
Ils tournoyaient enlacés, s'embrassant ardemment.
Daphné finit par dire, avec cet air mutin qu'il adorait :
– On abandonne le gâteau aux guêpes ou tu veux y goûter maintenant ?
Paul l'embrassait encore, insatiable.

– Après, tu aurais droit… à la cerise sur le gâteau.
Du doigt, elle désignait la chambre à l'étage.

Dimanche 24 juillet.

Paul, habitué à se lever tôt, regardait le jour filtrer à travers les persiennes. À ses côtés, Daphné dormait encore.

Une gerbe de bonheur monta en lui avec le chant des tourterelles. Pour la première fois de sa vie, il se sentait assuré de soutiens indéfectibles. Une enfance solitaire et brinquebalée dans trois familles d'accueil, une adolescence inquiète, le fiasco de son mariage avec Émilie… Quel chemin parcouru depuis ! Ce qui l'avait sauvé, c'était son côté bûcheur, scrupuleux, sa passion de la nature… L'adversité avait aiguisé en lui des facultés de courage, de résistance, de ténacité, de subtilité aussi… Un soleil illuminait ses jours, la présence de sa belle et tendre compagne, qui l'avait réconcilié avec l'existence. De vrais amis l'entouraient, sur qui il pouvait compter : Guillaume et sa sagesse, Daniel et sa fougue, Bazaine et son humble fidélité, les deux étonnants soldats de Lamorlante… Tous les éléments de ce bonheur convergeaient vers une mission à ses yeux quasi sacrée : sauver la bête royale, le grand cerf de La Fuie et du Pipindour, revenu dans ses quartiers premiers depuis qu'ils avaient recouvré leur tranquillité.

Daphné se leva tard. Elle trouva le petit déjeuner préparé par son chéri. À son habitude, elle se jeta d'abord dans ses bras. Il la taquina :
– Le réveil de la marmotte !
– Si tu ne m'avais pas empêché de dormir si longtemps hier soir !
– Ah bon, tu avais sommeil ? Je ne m'en étais pas aperçu !... En tout cas, tu es la plus craquante des marmottes.
Le rire de Daphné valait tous les trésors du monde.
– Blague à part, ajouta-t-il, pour aujourd'hui je te propose de nous faire un petit resto et d'aller nous baigner.
– Programme accepté ! Et ce soir, nous pourrions faire une sortie à deux, toi avec tes jumelles, moi avec mon appareil photo…
– Tu es mon garde-chasse adjoint.

Le soir descendait lentement, après une journée très chaude, qui avait contribué à accroître encore la sécheresse. Les herbes prenaient une teinte bise. Les arbres eux-mêmes accusaient le coup, on sentait dans leur feuillage comme une lassitude. Des sources ne coulaient plus.

Au détour d'une haie, le jeune couple tomba sur la mère Martinat herborisant.
Ils la saluèrent poliment.
Elle grogna :
– Toujours fourrés ensemble, ces deux-là !
Et elle s'éloigna sans plus de cérémonie.
– Elle ne court pas après les gens, dis donc ! fit Paul.
– C'est la sorcière. Enfin, c'est ce que les gens disent. On la prétend faiseuse d'anges. Et même un peu plus…
– C'est-à-dire ?
– Le bruit court qu'elle aurait fait passer deux bébés de vie à trépas en leur enfonçant discrètement une aiguille dans la fontanelle…
– Brrr… C'est horrible !
– Mais rien n'a été prouvé.
– En tout cas, ce n'est pas elle qui a fait mon ange, dit Paul, en attirant à lui la jeune femme. Et pour me sortir cette affreuse image de la tête, je ne veux penser qu'à l'autre sens du mot *fontanelle*…
– À savoir ?
– À savoir, une petite fontaine. Même si elle est à sec, comme celle que nous avons vue tout à l'heure. Toi, mon amour, tu es la fontaine intarissable où je me baigne.
Une pression de Daphné sur son bras l'alerta.

– Au lieu de faire le joli cœur, regarde ! chuchota-t-elle.
Un renard mulotait dans le pré en contrebas.
Elle prit sept clichés à la file.
– Je trierai. Je ne garderai que les meilleurs.
– Nous ne sommes plus très loin des tournesols où Daniel Brédon a aperçu notre cerf hier au soir.
– Allons-y !
– À cette saison, ils s'alimentent dans les cultures agricoles, à la périphérie de la forêt.
– Je sais, mon cœur.
Brichemer était déjà à l'œuvre, dans la frange d'ombre portée par les arbres de bordure.
Ils l'observèrent à tour de rôle avec les jumelles. Il était un peu trop loin pour une photo, et la lumière n'était plus très bonne. On distinguait son corps fauve, lisse et bombé comme un tronc, sa tête souvent relevée. Des ondulations nerveuses parcouraient ses flancs, pour chasser les taons importuns. Ses oreilles s'ouvraient en entonnoir, en quête de bruits suspects. Cependant, il mangeait avec un bel entrain.
– Qu'il est gourmand ! s'amusa tout bas Daphné.
– Allons, rentrons, ma belle. Tout va bien dans notre royaume du sud.
Paul rayonnait. Ce cerf, c'était son orgueil, la rencontre de sa vie sur le plan professionnel. Mais la rencontre de sa vie personnelle requérait

bien plus encore ses soins attentionnés. À cet égard, d'avoir croisé la mère Martinat lui avait fait froid dans le dos et laissé comme un malaise. Si elle allait leur jeter un sort ? Par jalousie, par agacement, par méchanceté gratuite… Le garde était un esprit cartésien, mais une scène de son enfance l'avait brûlé au fer rouge. Il était alors gardé dans une ferme dont l'homme faisait commerce de paille. Ce jour-là, jour de vacances, il avait emmené Paul avec lui dans son camion. Direction, un hameau perdu de la Double saintongeaise. Le véhicule une fois chargé, ils étaient entrés dans la maison d'habitation pour le règlement. La fermière avait âprement contesté la somme qui lui revenait, bougonnant et pestant avec acrimonie, les raccompagnant à la fin d'un regard meurtrier… Quand ils étaient sortis dans la cour, ils avaient constaté que la moitié du chargement était effondrée à terre. Pourtant, le terrain était plat, et les bottes rectangulaires entassées bien d'aplomb. Sur la route du retour, M. Gabalon avait lâché :

– C'te vieille bourrique ! On m'avait pourtant bien dit que c'était une sorcière !

À sept ans, de tels souvenirs vous marquent pour la vie.

Paul serra plus tendrement sa Daphné contre lui, ce qui lui valut d'être gratifié du plus ravissant sourire.

Vendredi 29 juillet.
Paul passa la semaine à effectuer des comptages d'animaux, à préparer des battues, à maintenir le lien avec la Fédération départementale des chasseurs.
Au jardin, il ne trouvait plus grand-chose à faire : la sécheresse qui s'appesantissait calcinait les cultures. Les salades montaient. Des crevasses apparaissaient dans la terre. Tondre n'était plus utile.
Tous les deux soirs, il rencontrait Daphné, soit au Terrier, soit à La Houlette. Leur tendre relation prenait sa vitesse de croisière.
La belle continuait ses sorties-photos, le plus souvent seule, parfois avec son « garde préféré ». Une certaine paix régnait dans le « royaume du sud ».

On était dans la période des amours du chevreuil. Les brocards témoignaient d'une agitation inhabituelle : déplacements constants, agressivité entre mâles, assiduités auprès des femelles. Toujours sur le qui-vive, nerveux, perturbés jusqu'à l'imprudence, ils emplissaient la forêt de

galops brusques, d'aboiements rauques, de trépignements impérieux.
Le moment était mis à profit par les gardes pour évaluer le cheptel et décider du nombre de colliers à attribuer à chaque société.
Un soir, sur la lande de Morchamps, où Cassagne avait été arrêté, Paul surprit un accouplement. La jolie chevrette décrivait un cercle régulier, poursuivie par le brocard qui de temps à autre la chevauchait. Un mouvement tournant qui marquait sur le sol un « rond de sorcière », caractéristique du rut du chevreuil.

Ce vendredi soir, Paul était convié à dîner au château de Lamorlante. Le général l'entretint d'une question qui l'inquiétait.
– Je sais, elle est plus du ressort de la gendarmerie, mais elle vous concerne aussi, à cause de la présence du cerf. Notre groupe de jeunes s'est reconstitué. Après l'incendie, ils ont été sermonnés, mais comme ils sont mineurs, on ne leur a rien fait. Ce sont les vacances. Nos adolescents sont désœuvrés et ils ont reformé la bande. Ils se retrouvent cette fois à l'ancien lavoir de la Font Cruchot, sur les terres du château. Le capitaine y est passé voir. Mégots, bouteilles de bières et de vodka, préservatifs jonchent le sol. Vous voyez le tableau…

– Ils fument, se droguent, s'arsouillent et partouzent à tout va, précisa Faran. Si on passait le film aux parents, ils tomberaient de leur chaise.
– Leur charivari va incommoder notre cerf, reprit le général. Ce n'est pas si loin à vol d'oiseau du lieu où il a établi son fort, au cœur de la futaie. Je tenais à vous en prévenir.
– Merci, mon général, je leur ferai une petite visite, pour l'instant sans les gendarmes.
– C'est ahurissant, cette jeunesse adonnée aux drogues, aux idoles, lâcha le haut gradé. L'éducation parentale est tout de même déficiente. Qui ne voit là une faillite ?
– Ce sont des Français, issus de parents français, ajouta Faran. On ne peut ici tout mettre sur le dos des étrangers, ou crier à des Français mal intégrés…
Paul eut un sourire :
– Je connais une petite commune du fond du Sud-Charente qui n'a jamais vu un seul « Arabe » entre guillemets. Ça n'a pas empêché les habitants de donner la majorité au Front national lors du dernier scrutin.
Le général enfonça le clou :
– Le pays connaît une crise profonde, à la fois civique et morale. À la racine, comme premier responsable, je vois le système capitaliste, qui

saigne à blanc la terre et pervertit l'humanité. Nous vivons une époque qui spirituellement sonne le creux, avec son Olympe de faux dieux : l'argent qui joue le rôle de Zeus, la quête fiévreuse du pouvoir, l'exaltation du sexe, la soif de gloire médiatique, l'hypertrophie du moi.

– Tout honnête citoyen a l'impression d'être un membre du dernier village résistant à la déferlante ! émit le capitaine.

– Tout cela est désolant, conclut de Beaulieu, mais restons positifs, continuons le combat. Je refuse à tout prix le déclinisme. Les valeurs sont toujours là. Beaucoup de gens restent droits, généreux et lucides. Combattre, chacun à sa mesure, pour améliorer les choses, quelle autre solution ? Comme disait Alain : « Le pessimisme est d'humeur ; l'optimisme est de volonté. » Être clairvoyant, c'est bien, mais geindre ne sert à rien. Il faut agir. Quelle que soit la situation.

Sur le chemin du retour, Paul s'étonnait que cohabitent encore, en 2016, dans nos campagnes, des pratiques ancestrales comme le braconnage, la sorcellerie, les guérisseurs et les sourciers, plus quelques restes de superstitions antédiluviennes, et les outils de la modernité : ordinateurs, smartphones, tablettes numériques, internet, réseaux sociaux…

Nous sommes au moment de la définitive cassure. Les jeunes sont des mutants par rapport au monde paysan traditionnel... Où tout cela va-t-il nous mener ? Moi, j'ai l'impression d'être écartelé entre ces deux mondes. D'avoir un pied sur deux continents qui se séparent...

Il arriva chez lui à la nuit, et les peupliers du bas de la butte faisaient dans le vent le bruit d'une lointaine chute d'eau. Comme la menace d'un Niagara qui se rapprochait.

Une effraie chuinta sinistrement derrière la maison.

Dimanche 31 juillet.
Daphné effectuait quelques courses à la moyenne surface de Lestalle, ouverte le dimanche matin.
Depuis un moment, elle avait la vague impression d'être suivie.
Dans le rayon des boissons, elle se tendait pour atteindre une bouteille de jus de pomme bio placée en hauteur quand, soudain :
– Bonjour, beauté. Un petit coup de main ?
Elle se retrouva face à Baptiste Ligier, bien connu dans le pays comme séducteur professionnel. Un bellâtre, très sûr de lui, élégamment baptisé « l'inséminateur ».
Daphné répondit sèchement :
– Je n'ai pas besoin d'aide.
– Tu sais que tu es de plus en plus jolie, toi, et je sens qu'un rapprochement entre nous deux…
– Est inenvisageable.
– Il nous ferait pourtant grand bien.
– Je ne crois pas, non.
– Se contenter d'un garde-chasse, une fille comme toi ! Alors qu'avec moi…
– Même pas en rêve !
– Tu prétends régenter mes rêves ?

– Simplement que tu en restes au stade du fantasme. Maintenant, lâche-moi, sinon j'appelle le vigile.
– C'est bon, c'est bon… Nous nous retrouverons, beauté. Et d'ici là, tu auras réfléchi. Tu te montreras moins farouche.
– Visiblement, tu ne comprends pas ce qu'on te dit.
Elle lui tourna brusquement les talons.

Paul tomba sur les jeunes à la Font Cruchot au tout début de leur soirée.
Ils firent les bravaches mais ils se montraient visiblement inquiets. Le garde les mit tout de suite à l'aise.
– Je ne viens pas pour vous. Vous ne faites pas partie de mon gibier.
Une détente se lut aussitôt sur les visages.
Les filles chuchotaient entre elles qu'elles le trouvaient « trop beau ».
Paul accepta une bière.
– Merci. Je peux vous parler en grand frère ? C'est normal que vous ayez besoin de vous retrouver. Mais ici, je ne sais pas si c'est très bien choisi. Avec la sécheresse, imaginez un second départ de feu, vous seriez dans de beaux draps. C'est vous qu'on accuserait…

Une fille murmura : « Moi, je veux bien être dans de beaux draps avec lui ».
– Sans compter, reprit Paul, qui fit semblant de ne pas avoir entendu, que vous pourriez vous retrouver très vite cernés par les flammes.
L'argument fit vaciller le groupe.
– Et en cas de violent orage, rien pour vous abriter. Vous seriez trempés comme des soupes.
– Vous proposez quoi ? fit Adeline, une blonde qui n'avait pas froid aux yeux. Qu'on aille chez vous ? Parce que moi je serais d'accord…
Paul sourit de son plus beau sourire.
– Je crois que j'ai une meilleure idée. Si j'étais vous, je cesserais de croire qu'on est mieux caché dans la forêt. Il y a beaucoup de passages dans la forêt. On y est toujours vu par quelqu'un. J'irais à l'opposé, du côté de la plaine. Tiens, par exemple, dans l'ancienne gare du tacot. Elle est ouverte à tous les vents. Personne ne va par là-bas. C'est l'endroit idéal.
– Il a raison ! lança Kévin, un des meneurs. On aurait dû y penser.
– Oui, mais là-bas, contesta Adeline, en regardant Paul droit dans les yeux, on n'aura aucune chance de vous rencontrer…
Les garçons, ébranlés par les raisons du garde, et de surcroît peu soucieux de voir leurs « meufs »

s'enticher de lui, emportèrent facilement le morceau.
– Mais pour ce soir, on reste là ! glapirent les filles.
– Concession accordée, lâcha Kévin.
– Bonne soirée, fit Paul. Et merci pour la bière. Salut, les jeunes !
– Comment, vous partez déjà, vous n'êtes pas si pressé… s'interposa Adeline.
– Désolé. Le travail n'attend pas.
En s'éloignant, il entendit Kévin dire à la fille :
– Tu ne sais pas qu'il est maqué avec Daphné Giraud ? ! Tu t'imagines pouvoir jouer les briseuses de couple ? En plus, il a deux fois ton âge !

Mercredi 3 août.
Ce soir-là, Daphné était au guet, son appareil à la main, sur le haut d'un vallon fréquenté par les chevreuils.
Elle était dissimulée derrière une haie et, dans son dos, une vigne la rendait invisible de la route.
Le paysan avait tondu ras, à la barre de coupe, la largeur d'herbe entourant sa vigne. Le sol n'était plus couvert que d'un gazon mort, couleur savane, pulvérulent de consistance.
Dans un bois proche, un geai lança son cri d'alarme. Quelque chevreuil approchant de la lisière…
La jeune photographe était parfaitement confiante dans la paix du soir. Une chevrette viandait déjà de l'autre côté du vallon.
– Salut, trésor ! Je savais qu'on se retrouverait…
Un fluide glacial passa dans le dos de la fille.
D'instinct, elle posa son appareil dans le sac ouvert à ses pieds.
– Je n'ai pas été assez claire l'autre jour ?
– Très claire, l'autre jour ; mais depuis tu as changé d'avis, n'est-ce-pas, mignonne ?

– Pas le moins du monde.
– C'est fâcheux, proféra Baptiste, parce que moi je ne peux plus attendre.
Il s'avança sur elle, la saisit par un bras, la rapprocha de force de sa personne.
Daphné attendait ce moment. En judoka expérimentée, elle allait l'envoyer dans le décor. Sur le terrain poudreux, ses baskets, hélas ! glissèrent, sa prise manqua, elle se retrouva sous le don juan qui commençait à la tripoter, avec un air insupportable de triomphe. Elle se vit perdue, mais décidée à lutter jusqu'au bout.
– Tu vas voir, trésor, ce n'est qu'un bon moment à passer !
Un déclic le fit se retourner brusquement.
Bazaine braquait sur lui un fusil à deux coups.
– Pas touche, bonhomme. Là, c'est chasse gardée. Debout ! Allez ! Plus vite que ça !
Ligier se leva, lui fit face, furieux.
– Mêle-toi de tes affaires, vieux cornichon !
– Dégage !
– Si je veux !
Daphné était tétanisée.
– Non, si je veux, moi !
Le vieux braconnier tira dans les branches du noyer, juste au-dessus de la tête du galant. Les plombs grêlèrent dans le feuillage.
– Mais c'est qu'il me tirerait dessus, ce con !

Le visage décomposé, Baptiste reculait, soudain frappé d'effroi.
– Que je t'y reprenne encore une fois, dit Bazaine, tu le ramasses entre les deux yeux !
Le jeune gars prit ses jambes à son cou sans plus tarder.
– Désolé, Mademoiselle, si je vous ai fait peur…
Il l'aidait à se relever.
– Vous ne m'avez pas fait peur, vous m'avez sauvée.
– Venez, je vous raccompagne à votre voiture.
Arrivés à la 206, ils se regardèrent avec une affection réciproque.
– Ça ira ? fit doucement Bazaine. Vous vous sentez capable de rentrer ?
– Ça ira… Comment vous remercier pour ce que vous avez fait ?...
Il évacua la question d'un geste de la main.
– Je vais vous surprendre, je l'aime bien, votre M. le garde… Alors laisser ce salopard… jamais !
– C'est Paul qui vous a demandé de veiller sur moi ?
– Non, Mademoiselle.
Elle partit après lui avoir collé sur la joue une bise qui le laissa étrangement ému.

Au Terrier Malart, chance ! Paul était là. Elle courut se jeter dans ses bras. Elle eut la force de lui raconter l'histoire. Autant l'autre jour elle avait eu le pressentiment d'être suivie, autant cette fois elle n'avait rien vu venir. Rétrospectivement, elle en pleura.

Paul la consola longuement avec une tendresse, une délicatesse bouleversantes.

– C'est une tentative de viol, il faut porter plainte, finit-il par dire.

– Non, dit Daphné, il ne recommencera pas, il a eu la peur de sa vie.

– Il recommencera avec d'autres.

– S'il dit que Bazaine a tiré à deux doigts de sa tête…

– Alors qu'en plus la chasse est fermée… Tu as raison. J'en toucherai quand même un mot aux gendarmes, à ma façon, sans citer ni toi ni Bazaine.

– Brave Bazaine !

– Je lui revaudrai ça, mon ange. Sois tranquille.

Daphné resta blottie contre son Paul toute la nuit. Elle l'avait remercié de ne lui avoir adressé aucun reproche sur le danger de ses sorties solitaires, et de ne pas même lui avoir demandé d'y renoncer.

L'aube paraissait. Le jeune garde dévorait du regard le visage de son aimée, endormie à ses côtés.
Il était encore tout retourné.
À cette minute, il aurait été capable de tuer Ligier. Au moins de le rosser jusqu'au sang.
Il n'arrivait pas à évacuer une tenace angoisse.
Et si c'était ça, le sort lancé par la sorcière ?...
On n'est jamais tranquille. Pas de paix qui dure... Au moins, j'ai réussi à écarter les jeunes de la forêt...
Mais quand le combat est gagné d'un côté, ça repart de l'autre...
En effet, les adolescents avaient adopté sa suggestion. Ils avaient élu l'ancienne gare du tacot, ce qui avait fait réagir le paysan possédant les terres autour.
– Que voulez-vous ? avait répliqué Jean-Luc Destang, le maire. Je n'ai pas, moi, une maison des jeunes à leur offrir ! Et puis, ils sont mineurs, donc sous la responsabilité de leurs parents ! Si les choses dégénèrent, téléphonez aux gendarmes.
Paul, de son côté, était passé au lavoir de la Font Cruchot enlever les détritus. Il était sûr que Faran avait déjà annoncé la bonne nouvelle au général.

Vendredi 5 août.
Tôt le matin, un coup de fil de Guillaume Brédon prévenait Paul qu'un chevreuil avait été tué par une voiture, sur la route de La Jalouise.
– C'est Charles Dussaud. Il n'a rien pu faire. Le brocard lui a déboulé sous le capot à toute vitesse. Vingt-huit kilos.
– C'est l'époque des amours. Ils perdent toute prudence…
– Dussaud n'a rien. Mais sa voiture est bonne pour le garagiste.
– C'est bien qu'il vous ait prévenu. Beaucoup auraient mis l'animal dans leur coffre et au revoir !
– Je mets le café à chauffer.
– J'arrive !

Ils découpèrent la bête.
– Un quart avant pour Dussaud. Les deux quarts arrière pour le loto des écoles, fit Guillaume. Mais le congélateur est plein. Veux-tu l'autre quart avant ?
– Je veux bien, mais pas pour moi.

Il raconta l'agression de Daphné et son sauvetage par Bazaine.
– C'est pas vrai ! s'indigna Guillaume. Mais quel sale individu, ce Ligier ! Un jour, il se fera descendre.
– Alors, j'offrirais le quart de chevreuil à Bazaine.
– Il est à toi, fils.

Quand Paul arriva au Maine Perdu, Bazaine grillait une cigarette sur son devant de porte.
Le garde déposa le morceau de venaison sans un mot.
Il ne pouvait parler.
Le braconnier dit seulement :
– Belle journée.
Et il regarda ailleurs.
Sa pomme d'Adam faisait le yoyo.
Dans le pré, en bas, la luzerne avait subi une deuxième fauche. Un milan la survolait d'un vol caracolant. Il hua et disparut.
– Bazaine, je pars en vacances après-demain avec Daphné, pour quinze jours… J'ai prévenu Brédon.
– Partez tranquille, M. le garde.
Il ajouta :
– Et soyez heureux avec cette petite.

Paul résista à l'envie de presser le vieux bonhomme contre lui.
Au retour, dans la voiture, il en avait les larmes aux yeux.

Dimanche 21 août.
Pendant quinze jours, Paul et Daphné furent, pour le coup, « toujours fourrés ensemble ».
Carole Delaure, qui commençait à aller mieux, passait chaque soir à La Houlette pour soigner Presse-papiers et s'occuper des plantes.
Bazaine veilla sur le Terrier Malart comme sur un morceau de la sainte croix. Persépolis ne manqua ni de caresses ni de croquettes, et le jardin eut droit à son arrosage tous les deux soirs.
Cette surveillance amicale évita de graves désagréments : plusieurs résidences secondaires ou maisons inhabitées furent visitées durant ce mois d'août. Les cambrioleurs s'en donnaient à cœur joie.

Avec le Kangoo, les amoureux poussèrent de camping en camping jusque dans le Connemara.
Il fallut une bonne semaine avant que Daphné puisse de nouveau tout partager avec son chéri.
Celui-ci se montra d'une compréhension, d'une prévenance totales.
Le lien qui les unissait en ressortait plus fort.

Un soir, ils parlèrent de Bazaine. Paul raconta à sa « princesse d'Irlande » un fait qu'il tenait du braconnier lui-même : l'origine de sa vocation pour la chasse clandestine. Pendant la guerre, les grands animaux furent l'objet d'un ample prélèvement ; en revanche, la sauvagine et le menu gibier proliférèrent. Bazaine, alors âgé de sept ans, avait pour voisin un maître braconnier, le père Galiot, de Chez Briquart. Celui-ci, n'ayant pu avoir d'enfant, s'était pris d'affection pour le gamin. Un matin, il lui dit : « Viens avec moi, petiot… ». Bazaine découvrit alors cette chose stupéfiante : sept lièvres pris au collet en une nuit dans un champ de choux, non loin de chez eux. « Veux-tu que je te montre ? C'est facile, tu verras… » S'il voulait ! Ainsi débuta sa formation, et l'élève, au fil des ans, devint l'égal du maître.

– Chéri, j'adore tes histoires et je sais que tu fais tout pour me changer les idées. Mais je sais aussi qu'avant de partir tu as été en contact deux fois avec les gendarmes.

– C'est vrai. Tu souhaites en parler ?

La jeune femme acquiesça de la tête.

– OK. Le 5 août, ils ont rencontré Ligier sur la place de Lestalle, à la terrasse du *Plat d'argent*, occupé à faire le paon devant un trio de vacancières. Ils se sont arrêtés, ils l'ont fixé un

bon moment, l'air soupçonneux. Vite mal à l'aise, il a fini par décamper, sans un mot. Il se sait sous haute surveillance. Il ne doute plus que la gendarmerie est au courant.
Cette nuit-là, c'était pendant les derniers jours de leurs vacances, ils firent longuement l'amour devant l'océan. Ils étaient devenus Tristan et Iseult, moins l'artifice – dans leur cas, inutile – du filtre d'amour.

Mardi 30 août.
Dans la semaine écoulée, Daphné n'avait tenté aucune sortie photographique, ce qui inquiétait Paul.
Visiblement, malgré tout son courage, elle avait peur.
Pourtant, ces expéditions lui étaient nécessaires. Elle souffrait d'en être privée.
Le garde prit donc le taureau par les cornes et, un soir, Daphné trouva un sac en papier sur sa table.
– Pour… moi ? demanda-t-elle.
Il fit oui de la tête.
Elle y trouva un couteau à cran d'arrêt, une bombe lacrymogène au poivre et un pantalon anti-viol.
Intriguée par ce dernier, elle leva un sourcil.
– Comment ça marche ?
Il expliqua :
– C'est nouveau. Tu as, à l'intérieur, un système envoyant un signal de détresse au commissariat le plus proche. Tu es géolocalisée, les gendarmes peuvent intervenir rapidement. La batterie possède une autonomie de trois mois.
– Mais tu as dû te ruiner, mon amour ?

– Pas du tout. Et c'est toi mon trésor. Alors, comme je ne peux pas t'accompagner tout le temps, surtout avec l'ouverture qui arrive…
Elle le remercia par le plus vibrant des baisers.
– Mon chéri, j'essaye dès ce soir !
Paul rayonnait.
– Toi, tu es mon courageux petit soldat ! Et puis nos amis veillent un peu partout, tu le sais… N'oublie pas non plus ta ceinture marron de judo. Ce n'est pas parce que tu as glissé une fois…
– Tu as raison, mon amour. Oh ! comme je t'aime !

De son côté, Paul avait effectué plusieurs tours d'inspection : son devoir de rentrée.
Le secteur était calme ; le cerf, toujours là, jalousement veillé par Bazaine, et les Brédon. Par Lamorlante aussi.
Le garde put constater de visu l'excellente forme physique de l'animal. C'était une bête magnifique, déjà pleine d'expérience. Elle promettait beaucoup.
Lors d'une réunion avec ses confrères, Paul apprit que d'autres cerfs étaient apparus çà et là dans le Sud-Charente. L'hôte royal revenait peu à peu dans ses anciens domaines. C'était une grande nouvelle. Elle le souleva d'enthousiasme.

Au détour d'un sentier, il croisa la blonde Adeline, quinze ans, qui lui avait fait du gringue au lavoir de la Font Cruchot. Elle portait un short tout ce qu'il y a de mini et un débardeur qui moulait des formes déjà très féminines. Elle s'approcha, d'une démarche onduleuse, un sourire ravageur sur son beau minois.
– Tu es perdue ? fit Paul, surpris.
– Pourquoi serais-je perdue ?
– Qu'est-ce que tu fais là, seule, dans ces bois ? Tes parents sont au courant, au moins ?
– Je crois que j'avais envie de rencontrer le plus séduisant des gardes-chasse. C'est défendu, peut-être ?
Elle vint délibérément le frôler. La fille effrontée lui faisait du rentre-dedans, il n'y avait pas d'autre mot.
En une seconde, Paul entrevit le danger mortel, la situation qui pouvait briser sa carrière et sa vie. Dans sa précédente affectation, il avait su l'histoire d'un jeune professeur de sports du collège, qui avait repoussé les avances d'une élève de troisième, laquelle, pour se venger, l'avait accusé de harcèlement et d'attouchements sexuels. Suspecté sans le moindre discernement, traité comme un paria, il avait mis fin à ses jours.

C'est alors – il y avait un bon Dieu veillant sur lui, apparemment – qu'il aperçut le capitaine Faran, arrivant sur les lieux.
Il avait tout vu, tout compris.
– Bonjour, Jérémie. Je crois que nous allons raccompagner cette jeune demoiselle, fort imprudente, chez ses parents.
– Avec joie, mon capitaine.
– Ma voiture est au bout de l'allée.
Adeline dut se résigner, à contrecœur. Elle faisait grise mine.
À peine entraient-ils dans Aulnac que la fille les supplia :
– S'il vous plaît, laissez-moi là. Mes parents vont me tuer ! S'il vous plaît…
Sur un signe d'acquiescement de Paul, le capitaine se gara sur le bas-côté.
– À une condition, dit le garde, se retournant vers elle.
– Oui, oui, je promets… fit-elle, agacée.
– Tu promets quoi ? poursuivit-il, inflexible.
– Je-promets-de-ne-plus-chercher-à-vous-voir, ânonna-t-elle, exaspérée.
– Tu n'es plus avec Kévin ?
– Ce looser !
– Il est bien, ce garçon. Tu devrais y réfléchir. Il t'aime sincèrement.

– C’est ça, salut ! lâcha-t-elle, claquant la portière.
– Cette insolence ! s’indigna Faran. Il y a des gifles qui se perdent !
– Je me demande si elle n’est pas plus à plaindre qu’à blâmer… En tout cas, merci mon capitaine. C’est ce qui s’appelle tomber à point nommé.

Vendredi 2 septembre.
Un orage violent avait éclaté le vingt-trois août. Il avait apporté une quantité d'eau suffisante pour que, dix jours plus tard, sortent les premiers cèpes.
Ce genre d'information, à la campagne, se répand comme traînée de poudre. Une armada de voitures et de chercheurs se déversa sur la contrée.
Les bois résonnèrent de pas, de cris, d'appels, de klaxons, de claquements de portières. Ils furent parcourus en tous sens par une horde sauvage piétinant, labourant littéralement l'humus du sous-bois, sans aucun égard pour le mycélium. Et ce qui devait arriver arriva. Le cerf fut délogé de son fort.
La nouvelle de sa présence fit le tour du pays.
Brichemer se réfugia dans le domaine de Lamorlante, désormais interdit au public.
Dieu merci, la pousse des champignons fut brève, cépées et futaies renouant vite avec la sécheresse.
Mais le mal était fait, l'existence du cerf connue. Ses amis allaient devoir redoubler d'attention.

Guillaume Brédon s'inquiétait pour ses vaches. Les effets bénéfiques de l'orage, si promptement estompés, n'étaient déjà plus qu'un souvenir. Les prés étaient tondus à ras. La récolte de foin avait été médiocre. Et à présent, l'eau manquait. Le président s'en plaignait à Paul.

– Petit paysan, c'est un métier de foutu ! Nous entrons dans les restrictions d'eau. Que vont boire nos vaches ? Et tout ça, pour vendre le lait trois fois rien... Daniel ne tient sur la ferme que parce que nous l'aidons. Matériellement et financièrement. Mais nous ne serons pas toujours là. Un jour, nous serons dans l'enclos aux cyprès... Je me dis que nous au moins nous aurons été de vrais paysans – des jardiniers du pays –, et pas de ces destructeurs comme nos modernes exploitants agricoles qui ne jurent que rentabilité et chimie... Tout le monde est informé des dangers mais nous continuons à nous enfoncer méthodiquement dans ce désastre humain et écologique. Si nos pères voyaient ça, ils s'en retourneraient dans leurs tombes. Quel gâchis ! Quelle gabegie ! Nos campagnes du reste tournent au désert, avec les écoles qui ferment, le manque de docteurs, les postes et les perceptions qui déménagent, les petits commerces qui disparaissent... Je sais bien que c'est une époque de transition. Nous avons connu en cinquante ans plus de changements que dans les cinq cents années précédentes. Pas tous mauvais, d'ailleurs. Mais je suis inquiet. Vers quel avenir allons-nous ? Quelle terre laisserons-nous à nos descendants ?

Paul l'écoutait, songeur. S'il avait des enfants avec Daphné, vivraient-ils dans un monde défiguré, pollué et appauvri, sa belle nature détruite ? Voilà pourquoi il se battait, pour que le vaisseau *Terre*, transportant à son bord la précieuse cargaison de la vie, ne s'engloutisse pas corps et biens.

Oh ! le miracle de la vie, et la grâce de vivre !...

Cependant, Daphné reprenait goût à ses sorties photographiques. Elle avait fait une série sur les champignons, qui présentent sur les animaux l'avantage d'être fixés, avec cependant l'inconvénient d'être éphémères.

Elle apprit à Paul la disparition de Presse-papiers. L'animal avait-il été victime d'un renard ou d'une voiture, d'un empoisonnement, d'un vol ?

– Attends avant de l'enterrer. Il va peut-être revenir un de ces matins... Il n'est pas rare que Persépolis s'offre ses huit jours de vacances, en

omettant consciencieusement de prévenir son maître.
– Mon chat n'a jamais fugué. Je ne suis pas très optimiste. Décidément, que de bouleversements dans ma vie en ce moment !
Elle ajouta, soudain triste :
– C'est fou, comme on s'attache à ces petites bêtes.
Paul la prit dans ses bras.
– Mon cœur… Il a fallu l'arche de Noé pour que l'on s'aperçoive que les animaux sont nos compagnons de traversée, et à quel point ils nous sont indispensables.
– Et à quel point nous en sommes responsables.

Dimanche 4 septembre.
C'était le jour des animaux domestiques. Daphné avait retrouvé son cher Presse-papiers. À sa grande surprise, elle avait appris que Raphaël et Noémie Maillaud, habitant le hameau voisin du Pâtre, l'avaient découvert enfermé dans leur maison à leur retour de week-end.
– Il nous rend parfois de petites visites. Il entre chez nous par la fenêtre ouverte. Comme il est affectueux et pas embêtant, nous ne le chassons pas… Cette fois, nous ne nous étions pas aperçus de sa présence.
– A-t-il fait des dégâts ?
– Aucun. Mais il s'est jeté sur les croquettes comme un mort de faim. Et il a bu un long moment !
– Merci d'en avoir pris soin.
– Je vous en prie. C'est bien naturel.
Curieusement, Daphné en voulut un peu à l'animal de ce qu'elle ressentit comme une infidélité.
Moi qui te croyais uniquement attaché à moi… Tu caches bien ton jeu, vilain perfide… Je suis déçue. Si. Déçue… Déchue surtout de mon statut

de déesse que je croyais seule vénérée... Les chats sont-ils donc comme les humains, ambivalents, doubles ? Je te pardonne, mon gros, mais je ne te verrai jamais plus pareil... Tu peux chercher des caresses...

Elle se découvrait un caractère exclusif.

Et avec Paul ?... Avec Paul, c'est la même chose. Si je lui découvrais une autre relation, ça me tuerait. Mais je le crois d'une droiture sans faille. Enfin, je l'espère... C'est à moi aussi à ne pas le décevoir comme la précédente... À moi de ne pas me montrer trop possessive.

Pendant ce temps, le chien de la mère Martinat, Salma, fut écrasé sur la route devant chez elle par un chauffard qui prit la fuite sans laisser d'adresse.

Alertée par le choc, la vieille femme sortit de sa cuisine et crut reconnaître au loin la voiture de Bazaine.

– Ah ! le bandit ! Il me le paiera !

De fait. Le soir même, le braconnier retrouva ses deux chiens, Foulcamp et Falzar, raide morts, avec autour d'eux des restes de boulettes de viande empoisonnée, mêlées de bave et de sang.

Il devina d'où venait le coup.

Il ne sut jamais pourquoi.

Mais le coup fut rude.

Avec la sécheresse, le Sud-Charente s'enfonçait dans la crise pour les agriculteurs. L'arrosage des maïs était interdit. Les rivières atteignaient un étiage critique. Seuls les possesseurs d'étangs privés pouvaient continuer l'irrigation. Les plantes végétaient et se desséchaient dramatiquement.

Dans le même temps, et par une sorte d'étrange ironie, le pays devenait d'une beauté splendide, avec des couleurs de Toscane et d'Ombrie.
Les collines semblaient se hausser dans le ciel, d'un azur toujours pâlissant. Le soleil du matin blanchissait leurs cimes, les nuançant de beige, de paille, d'ocre rouge, de brun saumoné. La longue descente du soir donnait l'impression d'une navigation cosmique, avec l'échelonnement de plusieurs lignes d'horizon, d'un bleu à chaque étape plus vaporeux, jusqu'à ce que la dernière se confonde avec le ciel.

Mercredi 7 septembre.
– Il n'a plus le goût à rien, dit Monique Bazaine à Paul, passé aux nouvelles. Il s'enferme dans son atelier pendant des heures. À peine si je le vois pour les repas… Voulez-vous que je l'appelle ?
– Inutile. J'ai une idée. Je repasserai en fin d'après-midi.
Le garde se rendit dans le Cognaçais chez un confrère de sa connaissance.
Le soir, une caisse à claire-voie attendait le braconnier devant sa porte. Sa femme était là aussi, sur le seuil, une sorte d'attente enjouée dans le regard.
– Qu'est-ce que c'est ?
– Pour toi.
Il s'approcha, entendit des couinements, vit.
Deux adorables bébés beagles, deux chiots tricolores, avec des mines à apitoyer un cœur de pierre.
– Oh !...
– Il y a également un mot pour toi.
Elle le lui tendit.

« Ils s'appellent Pastille et Paprika. Cadeau d'un ami éleveur. Paul »
Le bonhomme dut s'asseoir. Il était remué. Il bougonna, les moustaches frémissantes :
– Cadeau, cadeau, tu penses… Il a dû y aller de sa poche !
Monique le ramena aussitôt à du concret.
– Tu comptes les laisser longtemps dans cette cage ?
– Ceux-là, elle ne les tuera pas, la vieille crapule, tu peux me croire !

Brichemer reposait dans son fort, au cœur du domaine de Lamorlante.
Il s'était rembuché dans un bas-fond humide, peuplé de saules nains, de viornes et de bourdaines, nommé la Font Blaude.
Il somnolait, attentif aux cris avertisseurs des geais, ces concierges de la forêt.
Depuis quelques jours, il sentait une inquiétude le gagner. Une nervosité à l'origine de laquelle les hommes n'étaient pour rien. La cause en flottait dans l'air, dans la saison qui changeait. La sécheresse hâtait la chute des feuilles. Des rumeurs mystérieuses, venues de loin, passaient dans la brise. Tout annonçait une entrée prématurée de l'automne. Le grand animal frissonnait sous le harcèlement des taons, et plus

profondément sous l'action secrète de lois immémoriales qui travaillaient son organisme. Parfois, il se relevait, impatient, frottant ses bois aux arbres, aiguisant ses cors, pris d'envies de trépignements et de brames.
Une faim insolite grandissait en lui, qu'exacerbait son trop-plein de vie. Elle creusait dans sa chair un manque existentiel presque douloureux. Une humeur belliqueuse montait, enflait dans ses reins et son poitrail. Il brandissait fièrement sa ramure, comme un défi aux quatre points de l'horizon.

Daphné était maintenant sujette à des cauchemars d'agression, dont elle ressortait chamboulée. Son chéri devait alors la serrer longuement dans ses bras.
Paul, de son côté, émergeait d'un rêve fort troublant avec la capiteuse Adeline.
Le composé humain évacue comme il peut ses phobies, ses pulsions – ses hantises…
Les mêmes forces qui agitent les animaux traversent les hommes.
Ce n'est pas impunément que l'amour et la mort nous enserrent dans la violence de leurs liens.

Vendredi 9 septembre.
Guillaume Brédon avait réservé la salle des fêtes d'Aulnac, dont la location était gratuite pour les associations de la commune.
C'était la grande réunion annuelle de la chasse.
Ils étaient là une trentaine d'individus, de tous âges, assis face à la tribune. Trois jeunes femmes parmi eux s'étaient d'instinct regroupées dans un coin sur la gauche. Le bureau était constitué du président, du secrétaire, Renaud Bascombe, du trésorier, Lucien Denidieu, et du garde, Paul Jérémie.
On attendait encore un ou deux retardataires.
Les langues allaient bon train et, habitude de la campagne, les hommes parlaient fort. Le volume sonore frisait le brouhaha.
Enfin, Guillaume ouvrit la séance.
Il exprima la gratitude de la société à l'ancien garde, Claude Chagnoleau, et souhaita la bienvenue à Paul, avec lequel, dit-il, « la passation s'est effectuée sans le moindre problème, dans le même climat d'amitié et de bonne coopération ».

Quelques toux et raclements de gorge se firent entendre sur la droite de la salle. Paul était prévenu.

Le président rappela ensuite l'ordre du jour et embraya sur le premier point : le nombre de chasseurs de la commune, le nombre de cartes vendues. Il passa la parole à Denidieu qui traita cette question, puis dressa le bilan financier.

Aidé par son compère Bascombe, Brédon développa alors le bilan moral.

Les deux comptes-rendus furent approuvés à main levée, à quelques exceptions près.

Tout cela concernait le passé.

On en arriva au renouvellement du bureau.

Malgré les grognes, les animosités, les rivalités de personnes, exprimées ou latentes, celui-ci fut intégralement reconduit.

Rien ne vaut le confort de l'opposition, d'où l'on peut critiquer à souhait. Quant à s'engager pour prendre les choses en mains… Le type du consommateur rouspéteur a toujours eu en France de beaux jours devant lui. C'est la morale du *Conseil tenu par les rats* : « Ne faut-il que délibérer,

La Cour en Conseillers foisonne ;

Est-il besoin d'exécuter,

L'on ne rencontre plus personne. »

Ainsi pensait Paul, tout en ne quittant pas la salle des yeux. Un certain nombre de protestataires semblaient s'être massés à droite. Il y avait parmi eux un petit noyau de jeunes plutôt excités. Mais pour l'instant, le garde se contentait d'enregistrer les faits, de prendre la température.
Vint la question de la réserve.
Guillaume proposa l'emplacement défini avec Paul le 23 juillet.
– Ah ! non, s'écria Pierrick Charle, un des jeunes chasseurs réfractaires. On ne pourrait plus aller chasser sur Lamorlante ! Déjà que le général nous tolère à peine !...
– Le territoire autorisé se réduirait comme peau de chagrin ! ajouta Lucas Chestou.
– Et on ne verrait quasiment plus de chevreuils ! enchérit Cyril Puygrenier.
Paul n'avait toujours rien dit. Il se rappelait le catalogage de Daphné : « les furieux, les raisonnables, les écolos ». Il avait à présent les trois groupes sous les yeux.
Le président démonta avec facilité l'argument des chevreuils. Tous les bois étaient loin d'être inclus dans la réserve. Et les jeunes contestataires faisaient mine d'ignorer les chevreuils de plaine, de plus en plus nombreux, qui, le jour, se mussent dans les haies.

Renaud Bascombe fit remarquer qu'en matière de territoire réduit, cette raison, avancée à l'extérieur, ne manquerait pas de faire sourire, Aulnac étant l'une des communes les plus étendues du Sud-Charente. « Beaucoup de sociétés se contenteraient de la moitié de notre surface « chassable » ! »

Restait le cas de Lamorlante, coupé de ladite surface…

Le garde prit la parole, avec une grande modération.

– J'ai ici une lettre du général de Beaulieu, que je dois vous communiquer. J'aurais peut-être dû vous en informer plus tôt.

Il la déplia. Un silence se fit dans la salle.

Le haut gradé y notifiait sa décision d'interdire complètement la chasse sur son domaine.

La droite de l'assemblée reçut cette nouvelle comme un coup de massue.

Paul se garda bien du moindre commentaire personnel.

– Tu penses, c'est un coup monté ! glapit Pierrick Charle. Le général et notre nouveau garde sont comme cul et chemise. Ils ont manigancé tout ça dans notre dos, avec l'aval de Guillaume !

– Réveillez-vous, vous autres ! Vous ne voyez pas ce qui se passe ? s'énerva Puygrenier. Le général est un passéiste. Il est contre l'extension du complexe touristique de Pluvignac, qui représente pourtant notre avenir sur le plan économique. Son projet à lui, c'est de créer une réserve naturelle, voire un parc naturel régional, qui nous noierait sous un tas de contraintes, et nous rapporterait quoi ? des clopinettes ! En plaçant la réserve là, notre société aurait l'air d'accepter son projet, et même de l'appuyer, d'aller dans son sens. On croit rêver !

– Dans son sens ? Tu es modeste, fit Chestou. C'est comme les mesures anti-juives de Vichy par rapport à Hitler : on irait plus loin que ce qu'il a demandé réellement. Et tout ça pourquoi ? Il faut enfin le dire : *à cause du cerf*, mesdames et messieurs ! Du cerf d'Aulnac ! Un animal sacro-saint, dont la préservation passe avant tout le reste. Avant nous tous. C'est du délire !

Un flottement saisit l'assemblée, se matérialisant sous la forme d'un silence gêné, brusquement tombé sur tous.

Jamais aussi violente opposition ne s'était manifestée. Le degré de rancœur pouvait faire voler en éclats la société. L'heure était grave.

Lucien Denidieu, vieux renard, fit preuve de beaucoup de calme.

– Trois remarques, si vous le permettez. Un, le cerf. Son tir ne serait de toute façon pas autorisé par la Fédération. Deux, l'interdiction de chasser à Lamorlante. Quoi qu'on en pense, le général est dans son droit le plus strict. Trois, l'acceptation de son projet de réserve ou de parc n'est pas de notre ressort, même si on nous demande notre avis.

Un temps perturbé par la polémique, Guillaume se ressaisit.

– Je ne m'étais pas imaginé dans le rôle du maréchal Pétain…

Rires dans la salle.

– … Et puis, les gars, il faut bien faire tourner la réserve. Elle est dans le nord de la commune depuis trois ans. Et je peux vous assurer qu'un bon stock de gibier s'y est reconstitué, dont vous allez pouvoir profiter cette année… Enfin, nous sommes en démocratie, n'est-ce pas ? alors nous allons mettre aux voix notre proposition.

Le trio de récriminateurs exigea un vote à bulletin secret.

On y procéda.

Le scrutin fut sans appel : vingt-six voix pour, neuf contre.

– Question tranchée, dit Guillaume. Nous allons parler, si vous le voulez bien, des lâchers de gibier.

Tout fut à nouveau contesté : le nombre de gibiers relâchés, les emplacements choisis, les dates…
Brédon fit preuve d'une patience, d'une maîtrise de soi confondantes. Il le fallait.
Le garde détailla les comptages de chevreuils, indiqua le nombre de colliers pour les battues.
Daniel, assis dans l'assistance, évoqua alors l'arrestation de Cassagne, le tueur de brocards, ce qui s'avéra une maladresse, Pierrick Charle saisissant la balle au bond.
– Oui, Cassagne, on l'a arrêté. Bien. Bravo. Mais Bazaine court toujours, lui. Il semble bénéficier d'une sorte d'immunité, de protection spéciale…
– Là, tu vas trop loin ! lui lança une des jeunes femmes, Julie Pointurier. C'est de la diffamation. Tu devrais surveiller ta langue.
– Ça frôle la correctionnelle, sourit Guillaume. Comme cadeau de bienvenue à notre jeune garde, on a fait mieux… Vu l'heure, je vous propose de clore la séance et de passer au pot de l'amitié. Je dis bien : de l'amitié. Car je crois que ce mot a encore droit de cité parmi nous.
Des applaudissements crépitèrent pour saluer ce propos.
Chacun s'approcha des tables disposées sur le côté ouest de la salle.

Daniel et deux ou trois jeunes de ses amis remplirent les verres : jus de fruit, pineau blanc ou rosé.
Les trois jeunes femmes, Julie Pointurier, Ophélie Delrieux et Chantal Bonnet, vinrent trinquer avec Paul. Elles étaient visiblement sous le charme.
– Regarde ces trois nunuches, glissa Cyril, assez fort pour qu'on l'entende. Il leur ferait avaler n'importe quoi.
– Très intelligent ! fit Chantal.
– Notre cerf est bien parti pour avoir son harem, ricana Lucas.
– Vous me faites pitié, tous les trois, lança Ophélie. Vous jouez à quoi ? Au concours du plus bas de plafond ?
Les trois lurons s'éloignèrent, « rignochant ».
– Merci pour votre soutien, dit Paul à ses trois supportrices. Je ne m'attendais pas à de telles attaques.
– Vous ne vous êtes pas beaucoup défendu, fit remarquer Julie. Pourquoi cette… sobriété ?
– Je crois beaucoup à la force du silence et de la retenue ; comme ça, ce sont les autres qui vous défendent, c'est beaucoup mieux ! Et surtout je crois encore plus à l'efficacité de l'action.

Mardi 13 septembre.
Il était vingt et une heure trente minutes. Daphné arrivait enthousiaste au Terrier Malart.
– Regarde, chéri, j'ai réussi une photo du cerf formidable ! C'est ma plus belle. J'ai eu beaucoup de chance. Je n'ai jamais été si près de lui. Tu sais quoi ? Je pense qu'il me savait là, qu'il s'est habitué à moi, et qu'il n'a plus peur de moi…
– Il est comme moi, amoureux… Oh ! magnifique ! C'est incroyable. C'est le cliché de ta vie ! Une merveille ! Bravo, mon cœur.
Daphné riait de bonheur dans les bras de Paul.
– Si tu veux, j'en tirerai un agrandissement…
– Et je l'accrocherai dans le salon. Ce sera l'emblème de notre amour.
Séquence conclue par un baiser frémissant.
Soudain Daphné, regardant dehors par la porte ouverte, parut frappée par quelque chose.
La lumière frisante du soir, cette lumière jaune si miraculeuse pour les photographies, se focalisait sur un arbuste en container, auquel la jeune femme n'avait pas jusqu'ici prêté attention.
– Tu as acheté un laurier ?

– Ah ! quand même ! Tu as mis du temps. J'ai cru que tu ne le verrais jamais… Il est là depuis le 15 juillet.
– Désolée, mon amour…
– Je vais le planter bientôt. Quand tu n'es pas là, il me fait penser à toi.
– Oh ! je t'adore, toi.
– J'en ai bien besoin. Sans ton amour, je suis perdu.
Elle se détacha de Paul pour le considérer.
– Il s'est passé quelque chose ? Tu es soucieux… Dis-moi !... Paul !...
– Oh ! une chose triste, qui m'a touché…
Daphné attendait le récit, l'air soudain grave.
– C'est arrivé à Guillaume, ce soir, vers dix-neuf heures. Avec Daniel, il patrouillait aux abords de la lande de Morchamps, à l'intérieur du bois. Dans l'ombre, il a soudain aperçu un homme derrière un fourré. Ils ont foncé vers lui. « Ah ! je t'y prends à braconner, toi ! » Le pauvre, il ne braconnait pas. C'était Gilbert Crantin. Le malheureux s'était pendu à une branche basse.
– Quelle horreur !
– Il était condamné.
– Oui, je sais : un cancer. Merci la pollution agricole !

– Il ne supportait plus la douleur. Tu imagines Guillaume obligé d'aller annoncer ça à Mme Crantin… Je te passe les détails…
– C'est à devenir dingue.
– Daniel est très choqué.
Les amoureux se blottirent l'un contre l'autre avec force.

Enfin, Paul s'ébroua.
– Viens, mon ange, on va rentrer.
Les premières chauves-souris commençaient à circuler dans le ciel assombri.
Le garde ajouta, pensif :
– Cultiver l'amour, combattre la mort, je ne vois que ça…

Vendredi 16 septembre.
Il fallut trois jours et divers recoupements de témoignages pour que Paul admette enfin la disparition du cerf.
À compter du quatorze, Brichemer n'avait plus été observé par personne.
Le garde ne croyait pas qu'il ait été tué.
Il savait par des confrères que le brame avait commencé dans la Double périgourdine, et peut-être plus bas dans le Sud-Charente.
En une nuit, il était probable que l'animal avait rejoint ses congénères pour participer aux joutes nuptiales de l'espèce. Il n'avait pu résister plus longtemps à l'impératif génésique qui depuis quelques jours le taraudait.
Un grand vide se faisait sentir dans la forêt.

En soirée, le garde descendit à La Houlette du Breuil pour annoncer la nouvelle à son amie.
– Mais alors, ma photo, dit Daphné, c'est comme un cadeau qu'il a voulu me faire avant de partir.
– Sans doute. Notre monde est plein de mystères…
– Qu'il ne faut jamais traiter par l'ironie.

– J'ai souvent observé que c'est au moment où une société va disparaître qu'elle trouve son meilleur peintre. C'est un lieu commun en littérature : Saint-Simon pour l'Ancien Régime, Proust pour la Belle Époque. Dans les autres arts, c'est pareil. Toi, tu as réalisé la plus jolie photo de notre cerf la veille de sa disparition !
– Mais j'espère que cette disparition n'est que provisoire !
– L'avenir nous le dira.
– Il te manque ?
– Oui, déjà.
– Moi aussi… Entre, mon chéri, j'ai quelque chose à te montrer.
Dans le séjour, ils trouvèrent Presse-papiers endormi sur le bureau.
– Lui, dit Daphné, il ne disparaît plus. Sa claustration de l'autre jour lui a servi de leçon !
La jeune femme saisit un gros livre près du matou qui ne daigna pas ouvrir l'œil.
L'ouvrage était couvert.
– Ton Larousse ? demanda Paul.
– Non, une Bible, figure-toi, don d'une tante du côté paternel. Je l'ai ouverte hier soir pour la première fois.
– Ah bon.
– Au hasard. Et voici sur quoi je suis tombée :

« Ne courez pas à la mort en vivant d'une façon déréglée, n'attirez pas sur vous la ruine par vos actions. Sachez-le, Dieu n'a pas fait la mort et il ne prend pas plaisir à voir périr des êtres vivants. Il a créé toutes les choses pour qu'elles subsistent. Tout ce qu'il a fait exister dans le monde est là pour servir la vie ; il n'y a pas de poison destructeur dans son œuvre. Ce n'est pas la mort qui règne sur la terre, car elle ne peut rien contre quiconque pratique ce qui est juste. »
C'est la fin du chapitre un du livre de la *Sagesse*. Tu connaissais ?
– Je connaissais, dans une autre traduction. C'est somptueux. Que d'échos cela éveille en nous ! Si j'osais, je ferais cependant une réserve. Il y a hélas un poison destructeur dans son œuvre : l'homme. L'homme avec sa dramatique ambivalence. L'homme créé jardinier en chef de la biosphère terrestre et qui ne cesse de la mettre à mal. L'homme, auteur de créations merveilleuses et trop souvent animé d'une rage de destruction multiforme et suicidaire…
Daphné vint s'enlacer tendrement à lui.
– Comme tout ce que tu dis me touche, mon amour.
Ils s'embrassèrent.
Elle ajouta :

– Tu vas avoir un coup de blues, tu vas être démobilisé, avec ce départ du cerf…
– Oh ! ne t'inquiète pas. Il y a l'ouverture dimanche. Je dois être sur le pont. Et puis, j'espère bien que notre animal fétiche reviendra. Je dois faire comme si. J'ai donc quelques préparatifs à mener pour lui faciliter la traversée de l'hiver. Je veux construire un doublier pour l'approvisionner en fourrage. Ensuite trouver du fourrage. Me procurer des pierres d'oligo-éléments. Nettoyer la source du Coulard, où l'animal a laissé pas mal d'empreintes : elle est envasée, obstruée de feuilles mortes.
– Tu penses à tout. Et s'il ne revenait pas ?...
– Bah, dans ce cas, ça profiterait aux chevreuils.

Dimanche 18 septembre.
Dès huit heures, les premiers coups de feu éclatèrent dans la campagne.
Deux détonations se produisirent cinq minutes avant. Le garde n'intervint pas.
Ne soyons pas trop intransigeant. Il vaut mieux fermer les yeux sur des peccadilles. Les gars m'en sauront gré. Ils savent que je les ai vus et que j'ai regardé ma montre. S'ils sont intelligents, je m'en ferai des alliés. S'ils croient à une faiblesse de ma part, ils auront tout lieu de le regretter.
Lui-même ne chassait pas. « Je ne chasse pas, je garde la chasse, c'est différent. »
En roulant vers Aulnac, il fut frappé par la beauté du bourg, éclairé par le soleil du matin : un village rassemblé sur une faible éminence, autour de son église romane au clocher carré doté d'arcatures à claire-voie. Les pierres calcaires des murs, grisées par le temps, retrouvaient en filigrane leur blanc crayeux d'origine, comme si elles étaient allumées de l'intérieur. Une très grande unité régnait dans les toitures. Le jaunissement des tilleuls et le brunissement des

marronniers, dont les dômes dépassaient les maisons, faisaient ressortir le rouge amorti des tuiles canal.
Paul repensa à Adeline. À quoi avait-il échappé ! Heureusement la fille avait tenu sa promesse et la rentrée était passée par là. L'audacieuse, devenue lycéenne à Angoulême, avait à présent d'autres préoccupations.

Il parcourut le territoire toute la journée. Le Kangoo était maintenant bien connu. Le jeune garde ne releva aucune infraction, ni dans la plaine, ni dans les collines, en bordure de la réserve.
Il croisa le groupe des excités, vers Valagne, et leur souhaita bonne chasse. Ils étaient au cœur de l'ancienne réserve, apparemment très satisfaits.
Plus loin, dans les fonds de La Borderie, il tomba sur Guillaume et son fils, qui ramenaient un lièvre et un faisan. Le président y alla de son couplet sur la sécheresse qui commençait à lui rappeler celle de 1976. De fait, les prés étaient rôtis, les chevreuils devenant les antilopes de cette nordique savane.
– Ils annoncent de la pluie pour mardi, fit observer Paul.
– J'attends de voir. Le nombre de fois où ils se sont trompés…

Quand il revint le soir, la 206 était devant la porte et sa maison ouverte. Daphné en jaillit avec un grand sourire.
– Alors ? interrogea-t-elle.
– Alors, RAS. Tout va bien. Aucune anicroche. Le temps très sec a sauvé du gibier.
– Comment ça ?
– L'odeur laissée par le gibier ne tient pas au sol, les chiens ne sentent rien du tout.
La jeune femme le prit par la main.
– Viens, le repas est prêt.
– Merci, mon… Oh ! Tu l'as accroché !
Un agrandissement de la photo du cerf trônait dans le salon.
– J'ai bien fait ? Tu l'aurais mis là ?
– C'est comme s'il avait toujours été là.
– Tu es plus doué que moi pour le laurier !
– C'était plus facile à voir. Et puis, le laurier n'est pas un chef-d'œuvre de ma composition…
Il garda le silence un bref moment.
– Je songe à notre rencontre avec la « sorcière », reprit-il. Peut-être bien finalement qu'elle ne nous a pas jeté un sort.
– Si, je crois : un bon sort !

Lundi 19 septembre.
Le temps changeait bel et bien. La chaleur tomba. Il vint même une piquante fraîcheur. Les anciens, frileux, rallumèrent le feu dans les cuisinières à bois, les cheminées.
Ils prédirent la pluie, recourant à divers dictons.
« Suie qui tombe dans la cheminée,
c'est la pluie acheminée. »
« Quand la lune a son anneau,
c'est qu'il va tomber de l'eau. »
Ou encore :
« Quand le pivert crie,
pas loin est la pluie. »
Les météorologues de service à la télévision l'annonçaient avec beaucoup plus de certitude depuis quatre jours. Mais les vieux paysans se défient de la science.

Une onde de choc traversa le pays : la mère Martinat venait de passer l'arme à gauche, chez elle où elle vivait seule. Le facteur l'avait trouvée, gisant dans sa cuisine. Comme de juste, il avait devancé le faire-part de la presse locale.

La pauvresse était morte asphyxiée. On incriminait un chauffage défectueux.
– Sa cuisinière datait de Mathusalem. Des tuyaux jamais ramonés… Et son Salma n'était plus là pour la prévenir…, précisa l'adjudant de gendarmerie.
On la craignait, mais on en était fier comme d'une des célébrités d'Aulnac.
Quelque part, elle était une source d'orgueil.

– C'est elle qui aura connu un mauvais sort, dit Daphné à son chéri.
– Et ce n'est surtout pas nous qui avons à la condamner.
– Ou à l'absoudre… À propos d'absoudre, je voulais te dire… J'ai croisé par hasard Pierrick Charle, qui m'a affirmé qu'à la réunion de la chasse, je le cite, « les trois grâces » t'auraient ouvertement « dragué », « surtout Julie Pointurier », et que tu aurais « été loin d'être insensible à leur charme »…
– Et tu l'as cru ?
– Non. Pas une seconde.
– Tu lui as répondu ?
– Oui, que personne jamais ne pourrait glisser un coin dans notre amour, surtout pas lui avec ses racontars. Et je lui ai tourné le dos.
Paul attira Daphné contre lui.

– Viens là, mon cœur. Elles nous ont simplement soutenus, Guillaume et moi, et ça a beaucoup déplu à nos trois énergumènes.
– Et je sais très bien que Pierrick en pince pour Julie, mais qu'elle l'a envoyé balader. C'est Carole qui me l'a dit.
– Alors, on ne l'absout pas ?
– Non. Personne ne touche à notre amour. C'est sacré. La sorcière ne l'a pas fait.

Mercredi 21 septembre.
Le père Jadault, qui desservait le canton de Lestalle, consentit à l'enterrement, malgré la réputation sulfureuse de la dame. À peine fit-il allusion à la chute de Satan en commentant la seconde lecture, un passage de l'*Apocalypse*.
Après l'enterrement, moins magnanimes, deux amis inséparables, Billochard et Cabochaud, dits Cabochard et Billochaud, le premier doté d'un caractère de chien, le second de « billes au chaud » de par l'héritage d'une tante rochelaise, prirent une cuite magistrale au bar de la commune. Histoire de fêter l'événement. Ils avaient eu maille à partir avec la sorcière...
– Pour des broutilles, dit Jean-Luc Destang, le maire, en haussant les épaules. Mais enfin, si ça leur fait plaisir !...
Un nommé Massonnier, retraité de la SNCF, insinua alors que la bande de jeunes n'était pas innocente dans le décès de la vieille femme.
– Rappelez-vous, quand ils ont foutu le feu pas loin de chez la vieille, c'est bien elle qui les a dénoncés !... Ils auraient bouché le conduit de sa cheminée que ça ne m'étonnerait pas.

Là, Destang vit rouge et le fit taire.
– Je ne sais pas si tu mesures la portée de tes paroles. C'est grave, accuser quelqu'un d'assassinat, surtout sans la moindre preuve ! Nos jeunes, il ne faut pas tout leur coller sur le dos. Tu n'as jamais fait de bêtises, toi, dans ta jeunesse ?
L'ancien cheminot repartit capot.
– Tout ça parce que les jeunes ont eu le malheur de casser deux passeroses en traînant devant sa maison ! fulmina le maire.
Du reste, personne ne s'attarda longtemps sur la place. Une nouvelle averse faisait fleurir de tous côtés les parapluies.
– Enterrement pluvieux, enterrement heureux, s'amusa le vieux Buchoux, qui s'éloignait, béquillant avec sa canne.

Samedi 24 septembre.
Daphné et son « garde de prédilection » revenaient à trois heures du matin. Un collègue de Paul les avait invités au cœur de la Double pour assister au brame.
Gilles Ravier était un type placide et monolithique, un de ces Occitans très bruns, râblés, au nez fortement busqué, à la voix chantante.
Il les avait conduits, avec sa fourgonnette, le long d'interminables laies, aux abords d'une vaste prairie descendante, enclavée dans la forêt.
La lune à son dernier quartier éclairait l'enceinte magique.
Exceptionnellement, cette nuit-là, la pluie se faisait oublier.
Des biches, déjà visibles, paissaient sous de gros chênes, vers la lisière d'en face. Une harde d'une vingtaine d'animaux.
Tout de suite, ils entendirent.
Un beuglement formidable, caverneux, emplit la nuit. Un appel véhément, émané du fond des âges. À vous faire dresser les cheveux tout droits

sur la tête. À vous laisser pantelant d'émoi et de frissons. Il sortait de la gauche.
Venant de la droite, un autre brame éclata peu après, moins grave, mais empreint d'ardente colère.
Deux autres retentirent plus loin.
Le trio des humains fut bientôt cerné par le chœur sauvage. Au centre de ce que Paul ressentait comme la frairie nocturne des futaies millénaires.
– C'est ma plus belle place de rut, chuchota Ravier. Ça commence fort. On n'aura pas attendu longtemps. Il va y avoir du spectacle !
Daphné se rapprocha de son chéri.
Dès lors, il leur fut permis d'assister, en intrus tolérés car alors négligeables, à la consommation d'un des plus beaux mystères de la nature. Des bêtes passaient dans l'ombre, avec de brusques galops, convergeant vers l'arène du brame.
La lune se retrouva cachée par la couronne d'un vieux châtaignier. L'ombre se densifia sur la prairie.
Les cris de défi reprirent de plus belle, tout proches. Des entrechocs d'andouillers éclatèrent avec violence.
Le sens de la vue devenant inopérant pour les trois spectateurs, c'est par celui de l'ouïe,

aussitôt sollicité, qu'ils continuèrent de participer au drame.
Les combats faisaient rage, puis connaissaient des pauses.
Les bramements passaient de phases de fureur à des périodes d'accalmies, avec decrescendos de toux rauques.
Une fatigue, à base de tension, d'émotion, gagna les deux Charentais. Avec l'étrange impression d'avoir, d'une certaine façon, violé un interdit.
Ravier, lui, restait obstinément précis et terre-à-terre.
– Je pense que le vieux a gagné encore une fois. C'est un imposant douze cors. À ce que j'ai cru comprendre, trois autres mâles lui ont disputé son harem. Ils reviendront à la charge une autre fois, ou tenteront leur chance ailleurs. Nous avons été gâtés.

Paul était à la fois troublé et ravi.
Daphné aussi, avec le regret de ne pas avoir eu ce petit « plus » de pouvoir prendre quelques photos.
– J'aurais pu au moins enregistrer les cris.
– Tu les as enregistrés en toi et, crois-moi, tu ne les oublieras plus jamais.

Samedi 15 octobre.
Depuis le vingt septembre, il pleuvait.
Il pleuvait beaucoup.
Toute trace de sécheresse avait disparu. Bien plus, les rivières maintenant débordaient. Les fonds de prés devenaient des étangs. Dans les cours de fermes, on patouillait dans la boue.
– Il faut toujours qu'on passe d'un extrême à l'autre, râlait Guillaume. Tu sais ce qui est arrivé au troupeau de Régis Labaque ?
– Tu vas me le dire, s'amusa Paul.
– Il a une trentaine de limousines dans les fonds de Chaubardemont. Les eaux ont monté peu à peu. Les bêtes en avaient jusqu'au genou. Ça montait toujours. Les veaux risquaient la noyade. Alors le taureau, une brave bête – ce que c'est que l'instinct, tout de même ! – a défoncé la clôture et emmené tout le troupeau dans le pré à côté, sur une bosse de terre. Et comme la Véronne débordait toujours, la bosse est devenue une île !
– Et pour nourrir tout ce monde ?

– Pour les nourrir, Labaque et ses voisins ont construit un radeau et leur ont apporté un abri-foin garni à ras bord.
Lancé sur le sujet, Brédon raconta quelques histoires survenues dans le pays.
C'était à Broussagne un troupeau pris sous un violent orage, dégringolant au galop dans un talus, et plusieurs vaches s'étaient rompu les pattes ou les vertèbres.
D'autres bêtes, laissées à longueur d'année dans un pré loin de tout, à Fontperde, et ne voyant jamais personne, s'étaient ensauvagées. Au moment de les ramener, c'avait été un beau rodéo ! Il avait fallu que le vétérinaire vienne avec un fusil hypodermique.
Brédon lui-même, dans sa jeunesse, avait eu des ennuis. Il avait appelé le maquignon pour embarquer une vache et son veau. Le camion s'était reculé à la porte de l'étable. Par inexpérience, le fermier avait fait monter le petit d'abord. La vache, croyant qu'on la séparait de sa progéniture, avait coincé Guillaume contre le mur, lui cassant trois côtes. Une corne lui avait même perforé un poumon. Il avait souffert le martyre.
– Je te garantis que ça m'a coupé l'envie de danser la java !

Le garde, continuant ses tournées malgré la pluie, avait contracté une bronchite. Il refusa le docteur Bary, pourtant seul libre à ce moment-là au groupe médical ; il attendit que le docteur Duverdier soit disponible.

Paul Jérémie était costaud, il se requinqua vite. Surtout avec les soins attentionnés de sa belle, intraitable sur la prise des médicaments.

– N'oublie pas que je suis secrétaire médicale !

Un soir, il fut tout fier de lui montrer un mail de Lamorlante.

« Mon cher Jérémie,

Songez à vous ménager. Votre santé nous est chère.

Florent de Beaulieu »

– Moi, je ne suis pas très *Armée*, dit-elle, mais je l'aime bien, ton général. À propos, où en est son projet de parc naturel régional ?

– Hum, j'ai bien peur que ça n'aboutisse pas. Aujourd'hui, on resserre les boulons de partout…

– C'est dommage. On n'aurait pas pu l'appeler le parc de Lamorlante, mais je vois bien : le parc de la vie qui renaît.

– Pourquoi suis-je tombé sur la fille la plus géniale du Sud-ouest ?

Daphné perdit Apatchouk, le husky de ses parents, qu'ils lui avaient offert pour ses quatorze ans et qu'elle aimait beaucoup. Au cours de ses études et plus tard, elle n'avait pu le garder avec elle. Elle ne le voyait donc qu'occasionnellement, mais il avait été le confident de son adolescence.
Chacun de nos morts emporte une part de nous, originale, irréductible aux autres parts.
– Peut-être, dit-elle à Paul, que mourir c'est se reconstituer tout entier ?
Il répondit qu'en ce qui la concernait, sa reconstitution ne pressait vraiment pas.

Dimanche 6 novembre.
Le déluge avait cessé depuis une quinzaine de jours. La terre se ressuyait. L'automne marqua une pause dans les feuillages.
À Pluvignac, les travaux d'extension du complexe touristique reprenaient, au grand dam du général. Les essarts dûs aux grands engins se rapprochaient des limites de ses terres.
Un attentat terroriste eut lieu à Paris.
– Nous, souffla le haut gradé à Faran, à la campagne, nous n'avons pas d'attentats, mais il se commet tous les jours des attentats contre la nature. Et au bout du compte, c'est plus grave pour l'espèce humaine !

La société dirigée par Guillaume organisait ce dimanche une chasse à courre du chevreuil, avec un équipage venu de Haute-Saintonge. Elle dura toute la journée. Les abords de la réserve furent soigneusement tenus à l'écart.
Les veneurs, cinq hommes et une femme, mirent sur pied plusieurs brocards, mais ces animaux malins les « baladèrent » dans les bois, avec tout un arsenal de ruses propres à les dérouter.

La meute des poitevins eut du fil à retordre. Rien ne lui fut épargné, que ce soit le *change*, quand l'animal chassé fait se lever à sa place un autre chevreuil que les chiens vont désormais poursuivre ; le *forlonger*, quand l'animal prend beaucoup d'avance sur ses poursuivants ; le *passage d'eau*, quand l'animal traverse un étang à la nage ou marche dans un ruisseau afin de mettre en défaut le flair des limiers ; la *double voie*, quand l'animal repasse en sens inverse sur sa piste et s'échappe par un prodigieux bond de côté : à l'endroit du bond, la meute perd généralement la trace…
Vers seize heures enfin, au fond du vallon de Chez Morichaud, l'équipage réussit à prendre une chevrette, une bête jeune, malingre, infestée de tiques. On sonna l'hallali par terre. Faible résultat, mais le spectacle avait été assuré. Il avait attiré beaucoup de curieux et de passionnés. Les belles tenues des veneurs, le galop des chevaux, les sonneries de trompe, les aboiements de la meute, tout un cérémonial haut en couleur, avaient empli de fièvre les corridors de la forêt et les âmes des simples gens de la terre.
Vint l'heure du retour triomphal, au soir, sur le plateau communal. Les trompes de cuivre sonnèrent la curée, poignante musique suivie du

moment brutal où les chiens affamés dévorent la bête de chasse.
C'est alors qu'on entendit Lucas Chestou s'écrier :
– Regardez, vous autres !
Il montrait, à cinq cents mètres du village, sur le versant d'un coteau, en lisière de bois, trois magnifiques chevreuils sortis au gagnage. La lumière rasante du soir, couleur d'huile jaune, les entourait d'une auréole de gloire.
Paul goûta l'ironie de cet instant.

Ce soir-là, il était invité à La Houlette, où sa chérie avait concocté un délicieux repas. Au dessert, l'air de rien, elle demanda :
– Tu as vu Julie ?
– Julie…
– Julie Pointurier !
– Non. Pourquoi tu me demandes ça ?
– Rassure-toi, tu ne pouvais pas la voir.
– Et si tu arrêtais tes petits mystères…
Daphné eut un geste de tendresse :
– Je te taquine, mon amour. Mais, sérieusement, je sais par Carole, toujours elle, que Julie quitte le pays.
– Ah bon ?
– Et tu sais pourquoi ?

– Je sens que je ne vais pas tarder à le savoir.
– À cause de toi, mon chéri ! Elle est tombée amoureuse de notre beau garde le soir de l'assemblée générale de la chasse. Ensuite, elle a constaté qu'il serait impossible de le séparer de moi. Alors, elle préfère partir plutôt que souffrir.
– Je te jure qu'elle n'a rien tenté avec moi.
– Je sais. C'est une fille droite.
– Mais alors, si on analyse bien, c'est plus à cause de toi qu'à cause de moi qu'elle quitte le pays !
– Vilain garçon ! dit Daphné, en donnant une tape amoureuse à un Paul hilare qui la prit dans ses bras pour la soulever de terre.

Jeudi 10 novembre.
Daphné était de plus en plus souvent au Terrier Malart et elle envisageait de louer La Houlette.
– Au moins quelqu'un y vivrait et l'entretiendrait. Elle va finir par être cambriolée…
– Et Presse-papiers ?
– Tu crois qu'il s'entendrait bien avec Persépolis ?
– On essaie, on verra bien. Ils ne seront pas souvent ensemble. Le tien est un chat d'appartement, le mien est toujours en vadrouille.
– Et va se faire tirer dessus un jour par un chasseur !
– J'en connais au moins trois qui se feraient un plaisir…
– À moins qu'il ne soit protégé par le statut de son maître ?
– Tu t'illusionnes sur mon pouvoir. J'ai déjà eu toutes les peines du monde à protéger un cerf. Et encore, je n'y serais pas arrivé tout seul…
Les yeux de Paul s'étaient spontanément portés sur le mur, sur la photo de Brichemer. Il reprit :

– Maintenant que tout le monde est au courant, tu vas pouvoir exposer tes photos de lui.
– Je pensais plutôt à une série sur le Connemara. Ça changerait.
– Tu as raison. Les gens verraient que ta palette ne se borne pas à la photo animalière. Et tes clichés de champignons ?
– Je n'en ai pas assez, et je peux mieux faire. On verra plus tard.
Paul glissa dans une rêverie. Au bout d'un moment, il lâcha drôlement :
– Au fond, je ne connais rien de la moitié de ta vie, là-bas, au groupe médical de Ludret… Je me demande si je ne vais pas tomber malade pour savoir…
– Idiot ! fit Daphné, l'enlaçant soudain et prenant ses lèvres.

Il était tard déjà quand une voiture s'arrêta dans la cour.
– Guillaume ! Un problème ?
– Non ! Une bonne nouvelle ! Le cerf est de retour. Je l'ai vu dans un herbage de La Frésaie.
Une joie les souleva tous.
– Ça s'arrose, dit Paul rayonnant. C'est le même, tu es sûr ?
– Apparemment. Il a l'air de connaître parfaitement les lieux.

– On va pouvoir continuer à surveiller. Mais là, avec la réserve placée où elle est, et les terres de Lamorlante, ce sera plus facile.
– On en vient presque à souhaiter, sourit Guillaume, qu'il n'y ait plus d'autres pousses de champignons !
Tous les trois trinquèrent avec enthousiasme.

Plus tard encore, au début de la nuit, les amoureux étaient au lit, le téléphone portable de Paul se mit à vibrer. C'était Bazaine.
– Excusez, M. le garde, il est tard, mais j'ai du nouveau…
– Je vous écoute, Bazaine.
– Le cerf est de retour !
– Formidable ! Et où l'avez-vous vu ?
– Dans le vallon de La Frésaie.
– Ça, c'est fort !
– Ce qui est encore plus fort, c'est qu'il n'est pas seul.
– Hein ?!
– Il est accompagné.
Le vieux braconnier laissa glisser un petit silence. Puis :
– Par deux biches !
– Non ?!
– C'est comme je vous le dis, M. le garde.

– Oh ! Bazaine, je crois que si vous aviez été là devant moi, je vous aurais embrassé ! Au fait, vous ne pourriez pas m'appeler Paul ?
– Je crois que je ne pourrai jamais, M. le garde… Mais c'est par pure amitié.

Jeudi 24 novembre.
À l'improviste, Paul reçut la visite de son prédécesseur, Claude Chagnoleau.
– Je me rends à Libourne chez des cousins. Alors, un petit crochet sur la route, à tout hasard…
– Et vous avez joliment bien fait. Entrez donc. Il ne fait pas chaud.
De premières gelées, ces jours-ci, avaient marqué le pays.
L'automne glissait sur sa pente hivernale. Matin et soir, des brumes, telles d'énormes chenilles, rampaient dans les vallons. Le ciel était plus souvent couvert, le vent frisquet et les feuillages en ébullition chromatique, du jaune safrané au charbonneux, en passant par le corail, le vineux, le mordoré et le terre de Sienne. Des coups de bise y semaient la débandade.
On échangea amicalement les nouvelles.
– J'ai été un peu malade ces derniers temps, dit Claude. Ce qui m'a permis de discuter avec Mademoiselle Giraud, au groupe médical, et j'ai su pour la disparition du cerf…

– Vous allez donc mieux depuis, car elle aurait pu vous apprendre son retour.
– Ah ! ça, c'est bon signe !
– Surtout qu'il n'est pas revenu seul.
Informé des derniers développements, l'ancien garde en ressentit une réelle émotion, sans doute aussi le regret qu'ils ne se soient pas produits avant son départ.
– Pourquoi ne viendriez-vous pas un de ces soirs ? Nous irions les observer ensemble.
– Alors là ! Paul, vous me faites vraiment plaisir ! Rien ne pourrait me toucher davantage. Eh bien, c'est d'accord !

Dans l'après-midi, Paul reçut un coup de fil du général.
– Jérémie, je vais encore avoir besoin de vos services. Faran a aperçu hier soir des ouvriers du chantier de Pluvignac dans nos bois. À la limite, certes, mais je me demande s'ils ne se livrent pas à quelque braconnage.
– Oh ! Oh ! Dès demain, j'enquête, mon général.
– Vous comprenez, ils vivent sur place, dans des baraquements. Alors, le soir, ils s'ennuient…
– Et notre trio de cervidés pourrait bien leur donner une idée de divertissement ! J'en fais mon affaire.

– Ce serait peut-être plus sage que le capitaine vous accompagne.
– En effet.
– C'est d'ailleurs lui qui me l'a proposé.
– Je vous remercie, mon général.
– Vous savez, Jérémie, en ce moment je relis Malraux et, à la fin des *Chênes qu'on abat…*, je suis tombé sur cette phrase : « Nous aurons tenté de faire ce que peut faire l'homme avec ses mains périssables (…) ». Je crois que c'est notre cas. Des astronomes ont découvert, il y a peu, l'exoplanète potentiellement habitable la plus proche de la Terre. Elle est quand même à quarante mille milliards de kilomètres de nous. Il faudrait, dans le meilleur des cas, dix-neuf mille ans pour nous y rendre. Sans être assurés qu'elle puisse accueillir la vie humaine… Alors, à mon avis, il vaut encore mieux s'occuper de la Terre et faire en sorte qu'elle ne devienne pas complètement invivable.
– Je suis en complet accord avec vous, mon général, n'en doutez pas.

Le soir, Daphné vint s'asseoir sur le canapé à côté de Paul.
– Je peux te parler, mon chéri ?
– Devine.

Elle lui annonça qu'elle attendait un enfant pour début juin.
Le jeune garde, submergé d'allégresse, n'osait la prendre dans ses bras, comme si elle était devenue tout à coup un vase fragile, une urne sacrée. Ce fut elle qui s'y jeta.
– Sois sans crainte, tu ne me casseras pas ! Ni lui non plus !
Il ne pouvait parler tellement il était ému.
– Mon gros sensible !
Il finit par lâcher :
– Te rencontrer, toi, ç'a été le miracle de ma vie. Je vais t'aimer deux fois plus maintenant.
Il fit mine de réfléchir à ce qu'il venait de dire :
– Oh mais non, je suis bête, ce n'est pas possible !
Ils rirent de bonheur, puis Daphné hasarda :
– Les gens vont bien dire que nous avons fêté Pâques avant les Rameaux !
– Que nous avons mis les chaussures avant les chaussettes, comme disait le père d'une de mes familles d'accueil. Mais j'ai l'honneur de te dire que je m'en fiche éperdument. À une époque de bébés éprouvettes, de mères porteuses, de bambins vivant dans des familles monoparentales – on a même eu récemment un bébé issu de trois parents – et il y aura bientôt

des clonages humains, alors oui, je m'en fiche ! D'ailleurs, je te demande ta main dès ce soir !

– Seulement la main ! le taquina-t-elle. D'habitude, tu es plus gourmand !

Samedi 26 novembre.
Dans la futaie blafarde, ce soir d'entre chien et loup brouillardeux, deux ombres guettaient, le fusil sur l'épaule : Faran et Jérémie.
Le garde était en uniforme.
Un froid humide régnait. Le reste des feuillages et les branches nues s'égouttaient. Un frisson de mélancolie enveloppait les deux hommes. Il y avait une pesante tristesse dans ce crépuscule.
Paul savait le cerf remisé dans son fort, les biches abritées non loin, au cœur d'une châtaigneraie, près d'anciennes charbonnières. Il était tranquille de ce côté-là. Peut-être les ouvriers posaient-ils quelques collets en lisière ? Ou cherchaient-ils tout simplement des pieds-de-mouton ou des trompettes de la mort pour agrémenter leur menu ? On allait savoir. Si du moins, tout à l'heure, ils s'aventuraient dans le domaine…
Le capitaine, lui, pensait à l'avenir, à son avenir. Que ferait-il, où irait-il, quand le général aurait quitté cette terre ? Et il était inquiet. Il pensait également à ces gros engins qui défonçaient la terre jusqu'à menacer Lamorlante. Et il les

haïssait. D'un tempérament vif, il les aurait volontiers plastiqués !
L'attente fut de courte durée.
Un premier individu se montra, s'accroupit un moment et ressortit. Deux autres vinrent et firent de même.
Jérémie eut un franc sourire. Il chuchota, réjoui :
– Vous pensez à ce que je pense, mon capitaine ?
– Tout à fait. Ce n'est pas bien méchant, en somme… J'ai tout de même ma petite idée pour les dissuader de recommencer. Je veux dire de recommencer *ici*. Venez. Nous allons nous amuser.
Ils s'avancèrent dans la clairière où les hommes étaient rassemblés autour d'un bon feu, buvant et chahutant.
– Messieurs ! lança le gradé.
Le silence se fit instantanément. Tous se retournèrent, étonnés, vers les intrus.
– Messieurs, je n'irai pas par quatre chemins. Vous aurez l'amabilité dorénavant d'aller poser culotte ailleurs !
– Vous n'êtes plus à l'armée, ici. Et nous ne sommes pas des soldats sous vos ordres, riposta l'un des gars, de toute évidence le chef d'équipe.
– Vous devriez nous remercier de fumer votre terre ! ricana un grand barbu, visiblement le comique de service.

– Vous avouerez que le mal n’est pas bien grand, plaida un type d’esprit plus conciliant.
Le capitaine tapota sa poitrine du côté du cœur.
– Autant vous l’avouer. J’ai ici une petite caméra de surveillance que j’ai posée sur les lieux il y a huit jours, à votre insu. Et si vous continuez à ne pas respecter les limites de Lamorlante, je balance les images sur les réseaux sociaux.
Le chef se leva :
– Non, attendez, vous ne feriez pas ça ?…
– Je vais me gêner !
– Pour ça… Vous y allez un peu fort, non ?
Faran demeurait inflexible.
L’ironie s’était figée dans la bouche du rigolo.
La troupe renâclait.
– Bon, d’accord, reprit le chef, vous avez gagné. Nous n’irons plus.
– J’ai votre parole ?
– Si nous avons la vôtre de ne rien divulguer.
– Vous l’avez.
Le capitaine montra alors les toilettes.
– Je vois là un cabanon trois étoiles qui se sentait un peu abandonné. Il va retrouver la joie de vivre. Messieurs, bonne soirée. Et surtout, sans rancune !
En racontant la séance à Daphné, Paul fut pris d’un fou-rire comme il n’en avait pas connu depuis longtemps.

Samedi 3 décembre.

– Tu ne connais pas la meilleure ? dit le soir Paul à Daphné.

– J'ai hâte de l'apprendre !

– Histoire vraie, arrivée cet après-midi, plus bas dans le Sud-Charente… Je la tiens de mon confrère Pascal Chartier, responsable du secteur de Brétignac. Il était là-bas un peu dans la même configuration qu'ici : un jeune cerf, revenu accompagné d'une biche. Il se frottait les mains à l'idée des faons qui ne manqueraient pas de naître de leur union. Hélas ! à la battue de ce matin, consacrée normalement aux chevreuils, les chasseurs ont tué la femelle. Et tu sais pourquoi ? Tu vas voir la logique. Il s'est répandu dans le monde paysan une rumeur selon laquelle les jeunes cerfs, privés de biches par les grands mâles, chercheraient à saillir des génisses, ce qui rendrait ces dernières stériles. Le cas a pu se produire ici ou là, je ne dis pas, mais ce n'est pas une règle générale. Quant à l'infertilité produite, elle n'est pas scientifiquement établie. En tout cas, les chasseurs ont invoqué cet argument pour abattre l'animal.

– Mais s'ils ont tué la biche de ce cerf, c'est justement le pousser à saillir des génisses !
– Et après ça, on dira que les Français sont d'invétérés cartésiens ! Apparemment, ils ne le sont pas tous…
– Pascal doit être désolé.
– Il était furieux. Mais le mal est fait.
– Je vois qu'il y a encore beaucoup de travail d'éducation et de formation à faire chez nos porteurs de fusil.
– C'est toujours à recommencer. Heureusement que chez nous, Guillaume et moi avions pris les devants.
– Et le général.
– Et le général ! Reste le cas toujours possible du braconnage.
– Mais là, une équipe de choc veille !
– On ne peut pas avoir l'œil partout et tout le temps.
– Le combat est sans fin.
– C'est ce qui fait sa difficulté et sa beauté.

Le mariage fut annoncé pour le printemps.
Il eut lieu le samedi 25 mars, jour de l'Annonciation, et une petite fille, Camille, naquit le 9 juin.
Le général de Beaulieu fit livrer une brassée de roses et un mot de félicitations.
La Houlette du Breuil était mise en location.
Presse-papiers s'était fort bien habitué à sa nouvelle vie, il avait noué amitié avec Persépolis.

Deux jeunes agriculteurs de la commune d'Aulnac se lancèrent dans le « bio », bientôt suivi par Daniel Brédon.

Les deux biches mirent bas vers la fin mai : un faon chacune.

Le 20 juin, un loup fut repéré dans la Double périgourdine ; un autre, le 2 juillet, dans la Double saintongeaise.

– Quadruple bonne nouvelle, dit Paul. Attendons-nous au pire…
Sans que l'on sache s'il plaisantait ou non.

Le général lui avait envoyé un mail le matin même.
« Nous avons fait un pas vers l'éden retrouvé, mais ce n'est qu'un pas... »
Il avait ajouté : « En sachant que l'éden n'est pas encore le paradis. Entre les deux, il y a l'entière humanité à convertir. »

La Terre poursuivait dans les espaces sa marche aventureuse, et le destin de la mince pellicule vivante qu'elle emporte à sa surface restait, du fait de l'homme, passablement incertain.

Fini à Juignac, le 29 août 2016.

Imprimé en France
pour le compte des
éditions Mers du Sud
dépôt légal 2018

COPYMEDIA
imprifrance IMPRIM'VERT®

Achevé d'imprimer en janvier 2019
par **www.copy-media.net**
Avenue de Guitayne - 33610 CANÉJAN

Imprimé sur papier **Clairefontaine** fabriqué dans les Vosges.